아무튼, 집

아무튼, 집

김미리

코난북스

차례

집에 올 때까지 울음을 참았다

나는 자주 '새로 전학 온 애'로 불렸다. 학기 중에도 이사와 전학을 반복했기 때문이다. 나에게 전학은 낯설지 않은 이벤트였다. 그럼에도 충격적인 전학은 있었다. 운동회 당일에 감행된 전학이다.

한 달 내내 땡볕에서 연습한 율동을 막 시작할 참이었다. 운동장 스피커에서는 〈아기공룡 둘리〉 주제가가 흘러나왔다.

"쏘옥 쏙쏙 방울, 빙글빙글 방울, 여기저기 내 방울, 내 방울."

음악이 시작되고 친구들은 연습했던 대형으로 이동을 시작했지만, 나는 엄마 손에 이끌려 음악에서도 운동장에서도 멀어지고 있었다. 전학이었다.

전학 사유는 언제나 집안 사정이었지만, 막상 집 안에 사는 나는 어떤 사정인지 알 수가 없었다. 어른들의 세계는 항상 잠든 나의 머리맡에서 시작되곤 했으니까. 선잠에 든 나를 두고 엄마와 할머니가 새벽까지 긴 대화를 할 때면 '어쩌면 또 전학생이 되겠구나' 하고 추측할 뿐이었다.

전학 간 지 며칠 만에 반 친구와 싸웠다. 열한 살 때였다. 싸움의 이유도, 세세한 전개도 생각나지 않는다. 울음을 참느라 파르르 떨리던 내 몸의 느낌만 떠오른다. 까딱하면 눈물이 쏟아질 것 같아서 더 크게 악을 썼다. 그런데 목소리마저 떨려 역효과였다. 키가 작고 눈이 큰 나는 예전부터 치와와란 별명으로 불리곤 했는데, 아주 치와와다운 장면이 아니었을까. 치와와처럼 작은 개들은 온몸을 던져 짖는다. 사나워서가 아니라 겁이 나서. 나도 그랬을 테지만 그땐 그 마음을 들여다볼 줄 몰랐다. 나는 그냥 싸우고 우는 애 말고 싸워서 이긴 애가 되고 싶었다. 울면 지는 거니까.

승부를 떠나 생각해도 그렇다. 학교에서 눈물바람이라니. 고학년의 자존심이라는 게 있는데. 나는 차오른 울음을 목구멍으로 꿀떡꿀떡 삼키며 교실을 나왔다. 교문을 지나 학교에서 한참 멀어질 때까지도 눈물샘을 철저히 단속했다. 어디서 어떤 애가 보고 있을지 몰랐다. 전학생은 모든 종류의 소문에 취약하다. 다년간의 전학생 경험으로부터 배운 사실이다. 엊그제 전학 온 애가 찔찔 울면서 가더라는 소문이 나는 건 원치 않았다.

교문을 나와 집을 향해 걸었다. 양손으로 가방 어깨끈을 힘주어 쥐고서. 멀찍이 초록색 대문이 보였다. 갈기 달린 사자의 입에 동그란 대문고리가 달린 우리 집 대문. 대문이 보일 때부터 차오르던 울음이 문턱을 넘어서자마자 터지듯 쏟아졌다. 가슴과 어깨가 쉴 새 없이 꿀렁였다. 멈출 수가 없었다. 무슨 일이냐며 달려 나와 달래줄 누군가가 있는 것도 아니었다. 어른들은 모두 일터에 있었고 집은 텅 비어 있었다. 그저 낯익은 풍경이 보였고 집 냄새가 났을 뿐이었다. 나는 신발도 벗지 않은 채 현관에 엎드려 한참 울었다. 한바탕 울고 나니 마음이 조금 누그러졌다. 걔는 집에 가서 나보다 더 많이 울었을걸 하며 스스로를 위로할 여력도 생겼다.

그때부터 집은 그런 곳이었다. 누군가 푹 찌르면 울기보단 악을 쓰는 내가 마침내 울어지는 곳.

새로운 도시, 새로운 학교, 새로운 친구들 생각에 자주 마음을 볶았다. 모든 게 낯설었고, 말과 행동도 한껏 경직되어 있었다. 수업 끝을 알리는 종이 치면 쉬는 시간이 아니라 애쓰는 시간이 찾아왔다. "너 서울에서 전학 왔다며? 63빌딩 가본 적 있어?"라는 질문에 응, 이라고 하든 아니, 라고 하든 한동안은 외롭다는 것도 알게 되었다.

집은 달랐다. 며칠 전 이사를 한 집인데도 금세 익숙한 모습을 하고 있었다. 이제부터 여기가 집이야, 선언한 후 며칠 밤을 보내고 나면 새로운 집이 아니라 우리 집이 되었다. 대문 색이 어떻든, 마당이 있든 없든, 집은 집이었다. 어느새 익숙한 냄새가 나고 손에 익은 물건들이 있어야 할 곳에 자리 잡았다. 집은 그랬다.

한때는 오래된 물건들 덕분이라고 생각했다. 이사 때마다 새집의 구조와 크기에 맞추느라 처분한 물건도 있었고, 이사 중에 잃어버리는 물건도 많았지만, 남은 건 모두 손때 묻은 물건들이었으니까. 할머니는 무엇이든 닳을 때까지 쓰는 사람이었다. 그런 할머니가 살림살이를 돌보는 동안 우리 집 풍경은 크게 바뀌지 않았다. 그게 불만일 때도 있었지만 안도감을 주는 날이 훨씬 많았다.

이사를 하고 난 뒤엔 더욱 그랬다. 어른들은 어수선한 공간에 낯익은 물건들을 순서대로 배치했고 나는 내 옷과 작은 짐들을 정리했다. 살던 집에서 떼어 온 야광별 스티커까지 붙인 뒤 불을 끄고 누웠다. 그러면 그때부턴 잘 모르는 도시의 한구석이 아니라 우리 집이었다. 처음 자취를 시작했을 때도 그런 생각을 했다. 잠이 오지 않는 이유는 낯익은 물건들이 없기 때문이라고. 월세에 포함된 작은 냉장고와 에어컨, 중고로 사들인 책상과 의자, 새로 산 행거가 들어찬 공간에는 익숙함이 없었으니까.

20대가 되고 독립한 지 몇 년쯤 지났을 때 할머니가 돌아가셨다. 나는 이삿날 큰 짐을 어디에 놓을지 결정할 수 있고 또 해야만 하는 어른이 되었다. 그때서야 제대로 알게 되었다. 지붕 아래 공간, 오래된 물건만이 아니라 그 물건을 돌보는 사람, 흐르는 세월까지가 집이라는 걸.

집을 좋아한다. 무언갈 열렬히 좋아한다고 해놓고도 금방 마음을 바꾸는 변덕스러운 성격이지만 어쩐지 집에는 잔잔하고 오랜 애정이 있다. 그러니 집에 관해 쓸 이야기는 차고도 넘친다고 생각했다. 집밥과 집술, 집에서 입는 파자마, 반려묘 소망이, 반려식물, 텃밭과 화단…. 나는 대부분의 시간을 집에서 보내는 사람인 데다 좋아하는 건 죄다 집에 있거나 집을 이루는 것들이니까. 심지어 멀리 시골의 폐가를 고쳐 또 하나의 집을 만든 사람이 아닌가.

그러나 첫 문장을 쓰고 알게 되었다. '나의 아무튼'은 확실히 '집'이지만 독자에게 읽힐 책으로 엮기엔 쉽지 않은 주제라는 것을. 누구나 집에 살지만 모두가 다른 집에 산다. 초록 대문 집에 살 때부터 알던 사실을 이 책을 계약하던 시점에는 잠시 잊었나 보다.

초록 대문 집. 그러니까 내가 치와와처럼 악을 쓰던 당시 우리 집은 기역 자 모양을 한 오래된 벽돌

집이었다. 대문에서 가까운 ㄱ 자의 가로 부분에는 다른 사람들이 살았고, 대문과 마주한 ㄱ 자의 세로 부분에 우리 가족이 세 들어 살았다. 그 세로는 큰 방 하나, 작은 방 두 개, 욕실 한 개로 이루어져 있었다. 큰 방은 안방, 욕실과 붙어 있는 문간방은 할머니 방, 가운뎃방은 오빠 방이었다. 안타깝게도 내 방은 없었다.

학기가 바뀌자 나는 몇몇 친구를 초대했다. 자랑할 만큼 멋진 집은 아니었어도 우리는 교환일기를 쓰는 베프 사이였으니까. 비밀 따위 없으니까. 엄마가 안방 가운데 꽃무늬 커튼을 달아 나름 독립된 공간을 만들어준 것도 초대의 계기 중 하나였다.

"화장실이 어디야?"

놀러 온 친구가 물었고 내 심장이 쿵, 떨어졌다. 우리 집엔 내 방이 없다는 것보다 더 안타까운 사실이 하나 있었다. 집 안에 화장실이 없다는 것. 욕실은 있지만 변기는 없었다. 집 밖으로 나가 대문 옆 샛길로 들어서면 보이는 작은 문. 그곳이 화장실이었다. 문을 열고 푸세식 화장실 안을 들여다본 친구는 절대 못 간다며 발을 동동 굴렀다.

"큰 거야, 작은 거야?" 작은 거라면 텃밭 한구석을 제안해볼 생각이었다.

"큰 거."

친구가 코를 쥐고 화장실을 들락날락하는 모습을 지켜보는 마음은 지옥 같았지만, 그렇다고 해도 어찌할 도리가 없었다. 결국 변의를 이기지 못한 친구가 화장실에 완전히 입성했다. 화장실에 다녀온 친구는 한결 편해진 말투로 말했다.

"귀신 본 적 있어?"

화장실은 생각보다 쓸 만했다고 했다. 그래도 깜깜하면 무서울 것 같다고, 다음 번에 너네 집에 놀러 올 땐 집에서 꼭 화장실에 갔다 오겠다고도 했다. 그제야 안심한 나는 친구에게 할머니의 텃밭을 자랑했다. 푸세식 화장실 체험을 텃밭 구경으로 상쇄할 계획이었다. 아파트에 사는 친구는 할머니의 텃밭을 신기해했고, 그 뒤로도 몇 번 우리 집에 놀러 왔다. 그때 나는 말하지 않았다. 사실 내가 무서운 건 '빨간 휴지 줄까, 파란 휴지 줄까' 하며 나타날 귀신이 아니라고. 엉덩이 밑에서 웽웽 대는 파리와 모기, 몸에 밸 화장실 냄새, 문 밖에서 순서를 기다리는 옆집 사람. 내가 진짜 무서운 건 그런 거라고.

친구와 나의 집은 전혀 다른 모습이었다. 우리는 열 몇 살이었고, 자물쇠를 채우는 일기장에 모든 비밀을 나누는 사이였는데도 말이다. 앞으로 살고 싶은 집도 달랐을 것이다. 집 안에 화장실이 있고 독립된 내 방이 있다면 완벽하다고 생각한 나와 이미 그런 집에 사는 친구가 바란 집은.

이 책을 펼쳐 들 누군가의 집과 나의 집이 많이 다를지도 모른다는 생각을 한다. 집에 대해 말하려면 가족이나 돈의 형편처럼, 비밀까지는 아니어도 굳이 남에게 말하지 않았던 속사정을 끌러놓아야 한다는 사실 또한 생각한다. 그러니 이 책을 완성할 때까지 많은 고민과 용기가 필요할 것 같다. 그런 생각을 하며 집에서 이 글을 쓰고 있다.

이제 나는 고학년의 자존심을 생각하던 때보다 몇 곱절 나이를 먹었다. 그리고 그간 초록 대문 집을 떠나 여러 집을 지나왔다. 집의 크기와 모양, 함께 사는 이, 살아가는 모양도 계속 바뀌고 있다. 달라지지 않은 게 있다면 스스로를 먹이고, 입히고, 재우는 곳은 결국 집이라는 사실이다. 오늘 어떤 일이 있었건 집은 나에게 반드시 익숙한 위로를 줄 것이라는 믿음이다.

교실 뒤편에서 친구와 싸웠던 이유는 기억하지 못해도 매달 갚아야 할 대출금은 선명히 떠올리며 살고 있다. 그러나 여전히 가끔은 울 것 같은 마음으로 집에 돌아온다. 교실 밖 세상의 수많은 일이 나를 때리고 할퀴기 때문에. 나는 사자 모양 대문고리를 당기는 대신 도어락을 띠. 띠. 띠. 띠. 띠 누르며 집에 들어선다. 도어락 소릴 듣고 잠이 덜 깬 고양이가 달려 나오는 집. 멀리 큰 공원이 내다보이고 밤이면 이웃집 불빛이 별빛처럼 빛나는 집.

이제 나는 엎드려 우는 대신 고양이를 끌어안고 창가에 선다. 커튼을 젖히고 창문을 활짝 연다. 그리고 창밖을 내다보며 확실히 해둔다. 나는 모두의 세계를 떠나 새로운 세계로 들어왔음을, 지금은 또 다른 세계에 속해 있음을 말이다. 이 세계는 내가 나를 위해 만든 세계다. 다정하고 안온한 세계, 내가 '집'이라고 부르는 세계.

닮은 집

겨울이 되면 난방비를 신경 쓰며 산다. 난방 효율이 좋지 않은 복층 구조 꼭대기층에 살고 있기 때문이기도 하고, 생활인으로서 연차가 쌓인 덕분이기도 하다. 독립한 후 15년간 전기요금과 가스비를 열심히 지불하며 알게 된 것은 한번 늘어난 냉난방비, 특히 난방비는 웬만해선 줄이기 어렵다는 사실이다. 그리하여 완성된 우리 집 생활 기조는 다음과 같다. 여름은 적당히 덥게, 겨울은 조금 춥게 지낼 것.

겨울이면 얼굴에 닿는 찬 공기가 기상 알람을 대신한다. 등으로는 전기매트의 따끈함이 느껴진다. 그 느낌이 좋아서 잠을 잇고 또 이어본다. 목 끝까지 당겨 덮은 이불을 다시 여미며 오늘 일정 중에 혹시 미루거나 취소할 수 있는 일이 있을지도 궁리한다. 있을 리가. 그럴 땐 얼른 포기하고 앞으로 몇 분간 더 누워 있을 수 있을지 계산해보는 것이 현명하다. 물론 그 후에도 핸드폰 시계를 확인하며 최후의 알람을 계속 바꾸지만. 결국 전기매트 한쪽 끝에 누워 있던 소망이가 내 가슴 위로 뛰어든다. 매사 정확한 루틴을 사수하는 고양이가 게으른 인간을 가만둘리 없지. 가슴 위에 올라와 앉은 소망이가 말한다. "미야앙." 해석하자면 '이제 그만 일어나 밥 줘'라는 뜻이다.

소망이를 앞세워 거실에 들어서면 침실보다 한층 싸늘한 공기가 잠기운을 쫓는다. 거실 한쪽에 쪼그려 앉아 소망이 밥그릇에 사료를 부으면 소망이는 곁으로 와 엉덩이와 꼬리를 스윽 붙이고 앉는다. 우리는 차가운 공기 속 그 온기가 좋아서 그 채로 조금 더 앉아 있곤 한다.

할머니와 살던 때는 달랐지, 생각한다. 그땐 한겨울에도 온 집 안이 훈훈했다. 할머니와 내가 가장 오래 산 집은 5층짜리 아파트의 꼭대기층이었다. 지금과 같은 꼭대기층이지만 그때 그 집은 층고가 낮고 방이 작아 난방을 켜면 금방 따뜻해졌다. 특히 새벽이면 밤새 데워진 온돌이 절절 끓었다. 나는 겨울 잠옷 대신 민소매와 짧은 반바지를 입었고, 자다 깨서 머리맡에 (베란다와 이어지는) 문을 살짝 열어두고 다시 잠들곤 했다. 할머니와 나의 생활온도는 너무나 달랐다. 한껏 난방을 한 방에서 또 두꺼운 이불을 덮고 자는 할머니를 나는 이해할 수 없었다. "너처럼 깨벗고 자면 뼈에 바람 들어. 따숩게 자야 몸에 좋지"라던 할머니의 말도.

내가 할머니 집을 오가며 살기 시작한 것은 세 살부터라고 한다. 할머니는 일찍이 두 아이의 엄마가 된 속 시끄러운 딸의 육아를 대신하곤 했다. 몇 년 후 그 젊은 딸이 남편과 사별하고 돈 되는 일을 찾아 전국을 누비게 되자 손주들 육아는 온전히 할머니 몫이 되었다. 딸의 둘째 아이, 그러니까 내가 여덟 살 때 일이다.

할머니는 억양이 센 전라도 사투리를 썼는데 하는 말의 반 이상이 욕이거나 욕에 가까웠다. 나나 오빠가 말썽을 피우면 '아이고, 평생 말 안 듣는 애새끼들만 쎄빠지게 키우다 늙어 디지것네' 하고 소리치곤 했다. 어릴 땐 그런 할머니가 마냥 무서웠고, 좀 더 나이를 먹은 후엔 자주 미웠다.

친구네 집에 놀러 가면 그 집엔 다정한 엄마들이 있었다. 재밌게 놀다 가라며 과일도 깎아주고 간식도 내주었다. 우리 집에 놀러 온 친구들은 상황이 달랐다. 다정한 친구 엄마 대신 입이 건 욕쟁이 할머니를 만났다. 과일은 무슨, '왜 떼거지로 몰려와서 넘의 집을 개꿀쌍꼴로 어지르고 지랄이냐'는 욕을 한 바가지씩 얻어먹고 도망치듯 돌아갔다. 창피해진 나는 친구들이 가고 나면 할머니와 싸웠다. 이후 친구들은 물었다.

"너네 할머니… 오늘 집에 게셔?"

할머니와 함께 산 날들은 그런 날의 연속이었다. 원피스를 입은 귀여운 손녀가 '할머니이!' 하면서 무릎에 앉으면 할머니가 '아이고 우리 바둑이, 우리 강아지' 하는 건 드라마 속에나 있지 우리 집에는 없는 장면이었다.

그럼에도 할머니는 나의 확실하고 철저한 보호자였다. 여덟 살 때였나. 개한테 물려 울며불며 집에 들어간 날이 있다. 내가 어느 집 개라고 입을 떼자마자 할머니는 그 집에 쫓아갔다. 마당에서 고함을 치며 한바탕 욕을 하고는 나를 문 개를 붙들어 털을 한 움큼 잘랐다. 그러고는 개에게 물린 내 팔을 억시게 붙잡고 개털을 붙여주었다. 그래야 낫는다고.

또 언제는 내가 학교에 가기 싫다며 마당에서 울고 있었다. 그런 나를 본 할머니가 '이노무 지지바가!' 하며 작대기를 들고 쫓아왔다. 나는 할머니가 든 작대기를 보고 놀라 울음을 그쳤다. 그리고 눈물 섞인 목소리를 쥐어짜 말했다. 오늘 준비물이 부레옥잠인데 지금 어떻게 사느냐고, 안 사 가면 선생님한테 혼날 거라고, 준비물 안 사 온 애는 나밖에 없을 거라고.

할머니는 우는 내 손을 채어 잡고 동네 수족관으로 갔다. 수족관은 문도 열지 않았는데, 할머니는 가게 셔터를 흔들어 주인을 불러냈다. 그리고 기어코 내 손에 부레옥잠을 들려 학교로 보냈다.

할머니와 함께 보낸 많은 시간과 세월 속에서 나는 할머니가 무섭고, 미웠다. 어쩌다 철든 생각을 하는 날에는 고맙고, 미안했다. 그리고 의지했다. 가끔은 할머니 이불 속에 슬쩍 들어가 삐죽삐죽 차가운 내 발을 할머니 발 위에 얹었다. 그럼 할머니는 '차 디지것네' 하면서도 따뜻한 발을 내 발 위에 얹어 덥혀주었다. 그리고 내가 잠들면(잠든 척하면) 이런저런 욕을 차지게 하면서 두껍고 거친 손으로 내 배를 쓸어주었다. 그런 밤들이 지나갔다. 나는 열심히 자랐고, 할머니는 속절없이 늙었다.

내가 20대가 되어 경기도 외곽에 작은 월세방을 얻었을 때, 우리는 '우리 집'이 아니라 '각자의 집'에 살게 되었다. 할머니는 많이 늙고 약해졌지만 나는 할머니의 보호자가 될 생각이 없었다. 나는 할머니처럼 평생 누군가를 위하는 삶을 살고 싶지 않았다. 인생을 한탄하고 싶지도 않았다.

나에게는 취업 준비라는 당당한 명목이 있었다. 눈물은 났지만 떠나는 발걸음은 단호했다. 그날 생각했다. 할머니와 함께 사는 집을 '우리 집'이라 부를 날은 이제 다시 오지 못할 거라고. 그리고 할머니가 돌아가시는 날, 나는 오늘 이 결정을 후회하게 될 거라고.

나는 가끔 할머니가 죽을까 봐 무서웠다. 할머니가 중풍으로 쓰러진 후부터 그랬다. 할머니가 쓰러지던 날, 할머니는 들것에 실려 나가면서도 나에게 비상금과 쌀 포대의 위치를 일러주었다. 마비가 와 어눌한 말투였다. 나는 지금 그런 거 알려줄 때냐며 화를 냈지만 할머니가 정말 다시 집에 오지 못할까 봐 두려웠다.

　　할머니는 몇 달 뒤 잘 회복해서 퇴원하고 집으로 돌아왔다. 그리고 나는 그때부터 할머니의 죽음을 의식하게 되었다. 잠들지 못한 밤, 할머니의 코고는 소리가 들리지 않으면 화장실에 가는 척 할머니 방 앞에 서 있곤 했다. 언제든 문을 열고 방에 들어가 할머니를 흔들어 깨울 태세로 준비하고 섰다가 할머니가 푸르르 긴 숨을 내쉬면 그제야 안심하고 내 방으로 왔다. 그런 새벽마다 머릿속으로 할머니의 죽음을 수없이 연습했다. 상상 속에서 여러 번 장례식도 치러봤다.

　　그리고 몇 년 뒤 나는 할머니의 진짜 장례식에 있었다. 슬퍼할 새도 없이 장례 절차는 시작되었고 나는 할머니의 마지막 새옷인 수의를 챙기러 할머니 집에 갔다. 우리 집이었다가 할머니 집이 된 집. 식탁 위에 물에 만 밥 한 그릇이 덩그러니 놓여 있었다. 숟가락이 꽂힌 채로. 김치 하나 없이. 일순간 쓰러진 할머니의 흔적이었다. 목 놓아 울고 싶었지만 그럴 시간이 없었다. '진짜' 장례를 치를 땐 울 시간이 없을 수도 있다는 걸, 상상 속 장례식에서는 알지 못했다.

　장롱 한쪽에서 수의를 꺼내 챙겼다. 서랍에는 새 내의, 새 양말이 잔뜩이었다. 아끼지 말고 뜯어서 입으라고 잔소릴 하면 시늉만 하다 결국 다시 넣어 두기를 반복하던 것들. 교회 가방이 지퍼가 열린 채 주인을 기다리고, 성경책 사이에 다음 주 헌금으로 준비해둔 지폐가 삐죽 튀어나와 있었다. 잠깐 앉아 본 할머니 방 아랫목은 아직도 따뜻했는데, 할머니가 없었다.

　할머니가 돌아가신 지 10년이 지났다. 이제 할머니는 없고 나는 겨울엔 조금 썰렁한 집이 더 익숙하다. 그러나 마음이 고달픈 날이나 온몸이 녹초가 된 날에는 보일러 온도를 높이고 침대 대신 바닥에 눕는다. 뜨거운 바닥에 몸을 누이면 할머니가 생각난다.

　다섯 살배기와 세 살배기 두 아이를 스물 몇 살 청년으로 키워내는 동안 쉬지 않고 일했던 사람. 어느 날은 신발 공장에서 깔창을 붙였고, 어느 날은 시장 입구에서 배추를 팔았던 사람. 새벽에 봉고 차를 타고 잘 모르는 곳으로 일하러 가기도 했는데 퇴근길에 버섯을 가져오면 버섯 농장, 토마토를 가져오면 토마토 농장이었다. 예순 넘은 나이에도 종일 고된 노동을 했으니 그 몸이 오죽했을까. 철없는 손주들이 집안일을 돕기는커녕 친구들까지 불러 온 집을 엉망으로 만들기 일쑤였으니 그 마음은 어땠을까.

이제 와 생각해본다. 할머니는 뜨끈한 바닥에 몸을 누이고 자는 그 몇 시간 동안 몸과 맘을 풀었을 것이다. 절절 끓던 온돌 바닥이 낭비가 아니라 할머니의 유일한 자기 치유였다는 것을 이제야 배운다.

나는 할머니처럼 매일 밤 바닥을 따끈히 지피는 사람은 아니지만, 지친 몸과 마음에는 뜨끈한 바닥 찜질이 특효약이라는 것을 알게 되었다. 누군가의 습관은 함께 산 이의 습관이 되고 새로운 집이 되어 이어지는 게 아닐까. 그렇게 생각하고 믿는다. 할머니가 없는 우리 집도 할머니와 내가 살던 우리 집과 닮았으니까.

이제 나는 침실에 작은 히터를 켜고, 고양이와 한 침대에서 체온을 나누며 겨울밤을 보낸다. 깨벗고 자면 뼈에 바람 든다던 할머니 말을 떠올리면서 따뜻한 차를 마시고, 전기매트를 틀고, 가끔은 보온 물주머니까지 동원한다. 그리고 바란다. 뜨끈뜨끈한 온돌의 위로가 필요한 날이 최대한 덜 찾아오기를.

울다가도 밥을 지었다

이사 준비를 하며 주민등록초본을 뗐다. '과거의 주소 변동 사항'을 체크한 뒤 출력하자 여러 장의 서류가 손에 쥐어졌다. 그중 첫 장, 태어나 처음 살았던 집 주소 옆에 선명하게 쓰여 있었다.

신고 사유: 출생등록
세대주 및 관계: 김용수의 자녀

김용수, 잊고 있던 아빠의 이름. 그는 지금의 나보다 젊은 나이에 세상을 떠났다. 이름도 잊히고 얼굴도 흐려진 그를, 이제는 종잇장에 새겨진 활자로만 만난다.

아빠는 집에서 죽었다. 자신이 먹고 자던 침대에서. 어른들은 아빠가 간경화 때문에 죽었다고 두런거렸지만 사실이 아니다. 그때 나는 어른들은 둘 중 하나라고 확신했다. 거짓말쟁이거나 멍청이거나. 나는 아빠가 자살했다고 생각했고, 30년이 흐른 지금도 여전히 그렇게 생각한다. 아빠는 스스로를 죽였다. 작은 방 안에서 매일같이 술을 마시면서.

그는 병원에 가는 것도, 입원을 하는 것도 거부했다. 그렇게 자기 자신을 천천히 죽여갔지만, 그에게도 살고 싶은 날이 있었던 것 같다. 1년 중 몇 안

되는 그런 날, 우리 가족은 유한하게 화목했다. 아빠가 퇴근길에 주방놀이세트를 사 온 날, 옆집 단풍나무가 우리 집 담장에 기대어 아름다운 빛깔로 물들었던 날, 그날도 그런 날 중 하루인 줄 알았다. 선선한 가을 바람을 가르며 오빠와 내가 줄넘기를 넘고 엄마는 주방에서 전을 부치는 동안에 조용히 사라진 그가 쓰지도 않던 마당 화장실에서 술병들과 함께 발견되기 전까지는.

위태롭던 행복이 조급하게 사라졌다. 고함과 울음소리, 살림살이가 깨지고 부서지는 소리, 어린이들의 불안한 눈동자와 떨림 같은 것들로 그 자리가 채워졌다. 대부분의 날 그는 죽고 싶어 했다. 그리고 자신의 아내도 자식도 모두 자신과 같기를 바랐던 것 같다. 어떤 어른들은 부모가 되지 않는 게 훨씬 나을 텐데 기어코 부모가 되기를 선택한다. 나의 아버지가 그런 사람이었다.

"아빠가 죽어서 다행이다. 그치?"

아빠의 시신을 태우고 있는 화장터에서 내가 말했다. 죽는다는 게 뭔지 정확히 모르는 여덟 살이었지만, 더 이상 아빠와 살지 않게 되었다는 건 확실히 알았다. 새벽녘 잠든 내 귓가에 그가 '미리야' 속삭이면 어깨를 떨며 일어나 집 앞 슈퍼로 달려가던 일, 닫힌 셔터 앞에 쭈그려 앉아 한참을 망설이던 일, 결국 셔터를 흔들어 주인 아저씨를 깨우고 이번 에도 외상 소주라는 말을 하는 일. 그런 일들이 이제 없다는 뜻이라는 것도 알았다.

다행이라는 내 말을 들은 어른들은 무척 당황 하다가 이내 통곡했다. 나는 그저 화장터 한편에 있 는 사육장의 토끼가 귀엽다고 생각하고 있었다. 작 고 귀여운 토끼는 죽지 않고 오래오래 살았으면 좋 겠다고, 나도 언젠가 이렇게 귀여운 토끼를 키울 수 있는 어른이 되고 싶다고 생각했다.

등하교가 출퇴근으로 바뀌는 동안 희미하던 아 빠의 흔적이 더욱 흐려졌다. 아빠의 이름은 가정통 신문, 입사지원서, 매매계약서처럼 삶의 기로에서 스치는 서류에 때때로 등장할 뿐이었다. 그는 슬픔 이나 원망의 대상도 되지 못했다.

그러나 내 나이가 그가 죽은 나이에 점점 가까 워질수록 슬슬 두려워졌다. 평범한 일상 속에 잔잔 한 공포가 끼어들었다. 거울 속 내 얼굴에서 아빠의 얼굴을 발견할 때나 친구들과 술잔을 기울이는 순간 들에. 가끔 거무칙칙한 휘장이 마음 한편에 드리울 때는 새벽녘 내 이름을 부르던 아빠의 목소리가 들 려왔다.

역설적이게도 그 시간들은 김용수 씨를 연민하게 만들었다. 그가 마음이 아픈 사람이었다는 것을 인정하게 했다. 너무 약한 마음을 가져서 자기 자신을 죽이고, 주변 사람들을 기어이 불행하게 만든 한 인간이 내 곁에 있었다는 사실을 받아들이게 했다. 그를 이해할 수는 없었지만, 아빠가 아닌 한 인간으로서 그를 가엾게 여길 수는 있게 되었다. 동시에 나도 그처럼 마음이 아픈 사람이 아닐까 하는 의심과 지금은 아니더라도 언젠가 그렇게 될 수 있지 않을까 하는 공포가 자라났다.

독립하고 처음 집이 생겼을 때는 설렘과 기대가 내 안의 의심과 공포를 물리쳤다. 새 학기에 표지까지 빳빳한 새 공책의 첫 장을 펼치듯, 새로운 집에서 내 삶의 모든 부분을 새로 쓸 수 있을 것 같았다. 다짐했다. 망친 페이지를 잔뜩 뜯어내서 표지와 속지 사이가 붕 뜬 낡은 노트는 과감히 버리자. 나의 집에는 불안이나 우울 같은 게 절대로 깃들지 않게 하자. 그래서 나의 집에서 반드시 행복해지자.

안타깝게도 그 다짐들이 나를 집 밖으로 내몰았다. 나의 집은 행복한 공간이어야 하는데, 꼭 그러기로 했는데…. 이상하게 행복 비슷한 흉내도 낼 수 없었다. 깊은 우울감이 마음을 완전히 뒤덮었다. 밤

새 울며 술을 마셨다. 울고 싶어서 술을 마시는지, 술을 마셔서 우는지 몰랐다. 아침이면 태연히 출근했지만 휴일엔 술로 하루를 꼬박 보내기도 했다. 할머니가 돌아가시자 빈도는 더욱 잦아졌다. 어느 날은 욕실 문 위를 가로지르는 파이프가 눈에 들어왔다. 무얼 매달아도 끄떡없을 것 같았다. 나는 파이프에서 눈을 떼고 도망치듯 집을 나섰다.

집 밖으로 나돌며 끼니를 함께 먹을 사람을 찾으려 애썼다. 함께 취해줄 사람을 찾아 헤맸다. 외박도 자주 했다. 월세를 내는 입장으로, 하루를 집에서 보내지 않으면 손해 보는 돈이 얼마인가 셈해보고는 했다. 그리고 늘 손해 보는 쪽을 선택했다.

어릴 때 가지고 놀던 탱탱볼 같은 하루하루였다. 바닥에 통 하고 던지면 이쪽저쪽으로 튀어 오르는 날들. 어느 방향으로 튕겨 나올지 예측해서 재빠르게 낚아챌 수도 있었지만 보통은 예상치 못한 사람과 상황을 만나 붙잡지 못할 곳으로 튀어버렸다. 그 모든 과정이 피로했다. 전혀 즐겁지 않았다.

그래도 멈출 수가 없었다. 나의 아버지처럼 방안 침대에서 싸늘히 식어가고 싶지 않았다. 그렇다고 제법 튼튼해 보이는 파이프에 삶을 매달고 싶지도 않았다.

물을 수 있다면 묻고 싶었다. 무엇이 김용수 씨를 그렇게 좌절하게 했느냐고. 사실 내가 알고 싶은 것은 지금 내 안의 무엇이 당신의 그것과 같은 것인가였을 테지만. 영원히 30대 초반인 채로 재가 된 그는 나에게 사랑과 애정 대신 우울과 자살 유전자 같은 걸 준 게 분명했다.

나는 집 밖을 방황하다 너절한 마음으로 다시 집에 처박혔다. 그리고 또 집을 나섰다. 어디에도 집이 없는 기분이었다. 매달 월세를 몇 십만 원이나 내는 집이 있는데도 이상하게 집이 없는 것 같았다.

그 무렵 연은 나에게 된장찌개 끓이는 법을 알려주었다. 주방보다는 현관이라 부르는 게 더 적합할 것 같은 공간에서 내가 말했다.

"된장찌개는 고수의 메뉴 아니야? 손맛과 장맛이 중요하잖아."

"손맛은 무슨. 된장은 찌개된장이라는 게 있어. 나는 조개멸치 찌개된장, 이걸 쓰는데…. 자, 물을 붓고 된장을 한두 숟갈 넣어. 그리고 호박이랑 양파 넣으면 돼. 두부나 감자 같은 다른 재료도 있으면 넣고. 뭐, 없음 말고. 마지막으로 다진 마늘 조금 넣고 끓이면 돼."

집에 가스레인지가 없어서 부르스타 위에 냄비를 올렸다. 세 살부터 부지런하고 손맛 좋은 할머니와 산 나는 요리를 할 줄 몰랐다. 아침에 눈을 부비고 나오면 할머니가 끓여두고 나간 국, 찌개가 한 솥 있었고, 냉장고에는 늘 반찬이 그득했다. 나에게 밥상을 차린다는 건 말 그대로 상 위에 벌여놓는 일만을 의미했었다. 내가 할 줄 아는 유일한 요리는 라면이었다. 그조차도 늘 쓰는 국그릇으로 물을 계량해야 짜거나 싱겁게 되지 않았다.

연은 10분 만에 보글보글한 된장찌개를 완성했다. 김이 나는 된장찌개를 사이에 두고 연이 말했다.

"매번 야채 손질하는 게 귀찮을 수 있잖아. 한 번 해 먹고 다 썩어서 버릴 때도 있고. 그럴 때는 위생비닐 있지? 거기다 미리 자른 야채를 넣고 얼려놓는 거야. 다 씻어서 자른 거니까 다음 번에는 된장물만 만들어서 그거 한 봉지 넣으면 돼. 꽝꽝 얼었어도 끓으면서 금방 녹아."

우리는 숟가락을 호호 불며 된장찌개를 먹었다. 집 안에 음식 냄새가 퍼졌다. 누군가 행복의 순간을 되짚으라면 이때를 떠올릴 수 있을 것 같았다. 돌이켜보니 행복 비슷한 순간들에는 언제나 밥 냄새가 배경처럼 깔려 있었다.

아직 냉동실엔 연이 만든 된장찌개용 냉동 야채가 몇 개 더 있었다. 장을 봐서 반찬을 만들었다. 할머니가 자주 만들어주던 오징어채 같은 건 엄두가 안 나도 호박무침 같은 건 인터넷을 보고 더듬더듬 따라 할 수 있었다. 때론 짰고 때론 설익었다. 엊그제 해 먹었는데 간장이랑 또 뭐가 들어가는지 떠오르지 않기도 했다. 다행히 인터넷에는 자꾸 같은 걸 물어도 차근히 답해주는 요리 선생님이 많았다. 나는 할머니에게 요리법을 물어본 적이 있던가. 기억나는 게 없는 걸 보니 물은 적이 없거나 묻고도 건성으로 들었을 것이다. 대신 나는 만난 적도 없는 요리 선생님들 블로그에서 생선조림과 나물무침을 배웠다. 다 잃어도 식욕만 있으면 산다던 할머니 말을 떠올렸다.

우울 유전? 자살 유전자? 됐다 그래. 나는 코웃음을 치며 참기름을 두르고 고춧가루를 뿌렸다. 그 시절 나를 구한 것은 밥이었다. 집밥이라 부르는 것.

울 일이 생기면 어린 시절처럼 집으로 와 울었다. 울다가도 밥을 지었다. 다신 괜찮아질 수 없을 것 같은 참담한 마음도 식욕 뒤로 가만 물러나는 순간이 있었다. 나는 그 순간을 노렸다. 밥을 짓고 찌개를 끓이고 나물을 무쳤다. 갓 지은 밥에 된장찌개에서 꺼낸 큼직한 두부를 얹고 호호 불어 먹었다. 방금 무친 시금치나물이 향긋했다. 그리고 알게 되었다. 불행도 행복도 영원히 계속되는 상태가 아니라 잠시 지나는 작은 점이라는 걸. 나는 그 점들을 지나가기로 했다. 나의 아버지와 달리 나에게는 30대도, 40대도, 50대도 올 것이라 기대하며.

오늘도 집밥을 세 번이나 차리고 치웠다. 집밥과 함께 30대에 무수한 점들이 지나갔다. 설거지를 하면서 요즘 내 하루는 컴퍼스 같다고 생각했다. 집이라는 나의 세계에 한 다리를 콕 박아 넣고, 그를 중심으로 원을 그리듯 지내고 있으니 말이다. 멀리 외출할 마음을 먹어도 늘 집 주변을 맴돌게 된다. 매일 작은 원만 그리는 컴퍼스 같다. 그 작은 원 안에 있는 것들로 충만하다. 그러다 가끔은 다리를 주욱 멀리 뻗어 가능한 한 큰 원을 그린다. 누군가에게 간다. 된장찌개 끓이는 법을 알려주려고. 연이 그랬듯 남은 마음은 냉동실에 넣어 두고 올 것이다.

예민한 사람입니다

집에 오면 손발을 꼼꼼히 닦고 소망이와 안부 인사
를 나눈다. 세계 최고 고양이님, 제가 외출한 잠시
간 안녕하셨는지요. 밥이 부족하거나 새 물이 필요
하지는 않으신지요. 그러면 소망이는 야옹거리며 오
른쪽으로 데굴, 왼쪽으로 데굴 구른다. 지금 필요한
건 물과 밥이 아니라 '궁디팡팡'이라는 의사표현이
다. 나는 소망이의 엉덩이를 공들여 두들겨준 후 옷
을 갈아입고 짐 정리를 시작한다. 그리고 방방의 창
문을 열어 환기를 한 후 거실에 놓인 테이블에 앉는
다…고 말하고 싶다. 그러나 이런 날은 극히 드물다.

보통은 가방을 내려놓는 즉시 현관 앞에 드러
눕는다. 왜 이제 왔느냐는 듯 야옹거리며 좌우로 뒹
굴거리는 소망이 곁에 쓰러지듯 눕는다. 한 손으로
는 소망이를 끌어안고 다른 한 손으로는 소망이 엉
덩이를 토닥인다. 옷 갈아입고 짐부터 정리해야지
생각할 뿐 몸은 움직이지 않는다. 외출 시간이 길면
길수록, 대면한 사람이 많으면 많을수록, 접촉한 요
소들이 새로우면 새로울수록 이렇게 전개될 가능성
이 높아진다. 겨우 힘을 내 일어나기도 하지만 밀린
숙제를 하듯 손만 닦고 금세 다시 눕는다. 소망이의
환대도 끝이 나서 어느새 혼자가 된다.

수면에 힘을 빼고 대 자로 누워 호흡을 반복하

는 잎새뜨기를 하듯 한참을 누워 있는다. 잎새뜨기가 생존 수영 중 하나이듯 귀가 후 눕기도 생존을 위한 활동 중 하나다. 내게는 그렇다.

내가 누운 곳은 바닥이 아니라 외부와 내부의 경계다. 어떤 관문을 통과하는 의식을 치르듯 바닥에 몸을 맡긴다. 그런 채로 시간을 흘려보낸 후에야 새로운 행동을 시작한다. 여전히 누운 채로 핸드폰을 들여다보는 것이다. 핸드폰을 집어들고 모로 눕는다. 완전하고 안전한 집에 돌아왔으므로 추가적인 회복을 위해 잠시의 유흥을 찾는 것이다.

유튜브 앱을 열자 '누워만 있는 아이, 게으른 것이 아니다?!'라는 제목의 영상이 첫 화면에 뜬다. 〈금쪽같은 내 새끼〉의 짧은 영상이다. 하교 후 집에만 오면 눕기 바쁜 금쪽이가 나온다. 소파 위든 식탁 밑이든 일단 눕고 본다. 허리를 세우는 법이 없다.

'이거… 나잖아…?'

나는 누운 채로 누워 있는 금쪽이 영상을 보고 있었다. 이렇게나 적절한 콘텐츠 추천이라니 역시 유튜브 알고리즘은 놀라우면서도 섬뜩하다고 생각하면서. 핸드폰 속에서 오은영 박사가 물었다. "아이가 왜 이런다고 생각하세요? 왜 이렇게 계속 누워 있는 것 같으세요?"

금쪽이 어머니가 망설임 없이 답했다. "게을러서? 귀찮아서요?" 그럴 줄 알았다는 듯 오은영 박사가 설명을 덧붙인다.

　　"제가 봤을 때 이 아이는요. 굉장히 긴장감이 높은 아이예요. 특히 변화가 있거나 새로운 걸 할 때는 긴장을 굉장히 많이 해요. 아무도 뭐라고 하지 않아도 스스로 긴장하는 거예요. 그래서 집에 오면 누워 있는 거예요. 그 긴장을 완화시키려고요. 게으른 게 아니고요."

　　순간 마음속에 짧은 정적이 흘렀다. 내 안의 소란한 목소리들이 일제히 멈췄다.

　　'고작 두 시간 나갔다 와서 이렇게 한참을 누워 있는다고? 엄청난 육체 노동이라도 하고 온 줄 알겠네. 쾌적한 카페에 가만 앉아서 얘기만 했으면서. 오늘 나가서 해내고 온 게 뭐야. 일 시작하기 전에 그냥 얼굴이나 한번 보자는 미팅이었잖아. 뭘 했다고 이렇게 쓰러져 있는 거야? 그러면서 밖에서는 세상 부지런한 척, 생산적인 사람인 척하는 거지….'

　　나도 모르게 나를 비난하고 있었던 목소리들. 그들이 잠시 멈춘 짧은 고요 속에서 생각했다. 어쩌면 나의 귀가 후 루틴에도 게으름이라는 꼬리표 말고 다른 이름을 붙여줄 필요가 있지 않을까.

어린 시절 나는 모든 어린이가 팬시점에서 나처럼 긴장하는 줄 알았다. 지하상가 팬시점은 그 시절 우리들의 쇼핑 필수 코스였는데 갈 때마다 나는 이상하게 불안했다. 귀엽고 반짝이는 물건이 가득했지만 진열대와 진열대 사이 통로는 비좁았고 흘러나오는 음악 소리는 너무 컸다. 좁은 통로에 커다란 책가방을 메고 들어선 우리, 그러니까 나와 내 친구들이 진열대에 놓인 물건을 툭 치진 않을까 걱정스러워서 쇼핑에 집중할 수가 없었다.

다시 주워 올려놓으면 되는 물건이라면 다행이겠지만 저기 보이는 곰돌이 유리병 같은 걸 떨어뜨리면 어떻게 될까 생각했다. 바닥에 떨어져 산산조각 나겠지. 안에 든 종이학과 거북이알도 바닥에 모두 쏟아질 거야. 누군가 유리 조각에 다칠 수도 있고 값도 물어줘야 하겠지. 나는 그런 생각을 하며 팬시점 통로를 조심조심 걸었다. 함께 간 친구가 "이거 예쁘지?" 하고 홱 돌아 나를 바라볼 때마다 심장이 내려앉는 것 같았다. 친구가 멘 가방이 곰돌이 유리병의 볼록한 배 앞에 아주 작은 틈을 두고 멈춰 있었기 때문이다. 가끔은 어지러운 기분마저 들었다. 그땐 몇 걸음 밖 어둑한 지하상가 조명과 지나치게 밝은 팬시점 조명이 한데 섞인 탓이라고 생각했다.

대학에 가고, 취업을 하고, 사회에서 여러 경험을 쌓으면서 알게 되었다. 나에게는 낯선 환경을 차분히 받아들이고 새로운 요소를 충분히 즐기는 어떤 능력이 결여되어 있었다. 중요치 않은 부품 하나가 누락된 장난감 같았다. 팬시점에서 사 온 장난감 중엔 겉보기엔 멀쩡한데 가끔 한 번씩 삐거덕거리며 오작동하는 것들이 있었다. 나는 내가 삐거덕거리는 소릴 감추려고 더 크게 작동음을 내는 그 장난감 같다고 생각했다.

운전면허를 따고 처음 운전을 시작했을 때는 또 어땠는가. 차선을 잘 맞추면서 가고 있나? 옆 차선에 피해를 주는 건 아니겠지? 앞 차랑 간격은 이 정도면 적당한가? 너무 바짝 붙은 거면 앞 차가 신경 쓰일 텐데…. 근데 또 너무 멀게 하면 교통 체증의 원인이 된다 그랬지? 직진만 하는 데도 진땀이 났다. 그러다 누가 클랙슨이라도 한번 울리면 심장이 요동쳤다. 나? 지금 내 차에 빵빵거린 건가? 놀라서 두리번거리며 주위를 살펴보면 대체로 그 대상은 내가 아니었다. 그래도 걱정과 긴장은 계속됐다.

운전 중이 아닐 때도 마찬가지였다. 미리 알아둔 주차장에 자리가 없으면 어떡하지. 아까 주차할 때 너무 오른쪽으로 치우친 것 같아. 티맵 예상 시

간보다 더 막히는 건 아니겠지? 약속 시간에 늦으면
안 될 텐데…. 그러나 초보운전 시절 내내 조수석을
애용한 친구들은 내가 운전 때문에 힘들어한 걸 전
혀 몰랐다고 했다. 어색한 자리에선 말을 많이 하듯
서투름을 감추려고 능숙한 체를 했던 모양이다.

　운전만 문제라면 일찍이 운전을 포기했을 것이
다. 그러나 어떤 일을 시작할 때면 늘 겪는 과정이라
지친 채로 그러려니 하게 되었다. 한동안은 긴장감에
속옷까지 흠뻑 젖은 채 집에 돌아와 쓰러지곤 했지
만. 여전히 새로운 사람을 만나려 할 때, 안 가본 장
소에 가려 할 때, 안 해본 일을 시작하려 할 때, 목 뒤
가 뻣뻣해진다. 자주 배앓이를 하고 밤잠도 설친다.

　사람들은 대체로 나를 사교적인 사람이라 생각
하지만 나는 에너지의 방향이 외부보다는 내면 세계
로 향해 있는 내향인이다. 사람들이 나를 외향인이
라 생각하는 이유는 온라인에서 주로 글과 사진으로
잘 떠들어서일 것이다. 그곳에선 내가 원할 때, 원하
는 강도로 타인과 연결될 수 있다. 또 순식간에 연결
을 끊고 다시 혼자가 되어 익숙한 공간으로 돌아올
수도 있다.

　오프라인 세상은 다르다. 대부분의 내향인이
그렇듯 나는 사람들과 만나 아무리 즐거운 시간을

보내고 있어도 시간이 좀 지나면 얼른 집에 돌아와 쉬고 싶어진다. 익숙한 공간에서 혼자만의 시간을 보내며 밖에서 소진한 에너지를 충전해야 한다고 느낀다. 나 같은 사람들은 새롭고 다양한 것을 재빨리 받아들이는 데도 어려움을 겪는다고 한다.

보통은 이런 사람을 예민한(혹은 민감한) 사람이라고 부른다. '예민하다'라는 말을 처음 들었을 때는 언짢았다. 과민하고 까다롭다는 부정적인 의미로 느껴졌다. 실제로 그런 의미로 나에게 말했던 것 같기도 하다. 그래서 한동안은 무던하고 털털한 척 애써보기도 했다. 오래가지는 못했지만.

그 후 오랜 시간이 흐른 지금에야 나는 내가 가진 예민함을 이해하고 존중할 마음을 먹게 되었다. 부품이 누락된 장난감처럼 무언가 부족한 사람이 아니라 성향이 다른 사람이라고 받아들이고 싶었다. 이런 나라서 해낼 수 있는 것이 더 많다고 믿고, 다음 시대의 나로 나아가고 싶었다.

그랬더니 다른 내가 보였다. 나는 외부 자극에 민감한 만큼 작은 변화도 쉽게 감지하는 관찰력을 지녔다. 새롭고 다양한 것을 벅차하지만 익숙하고 단출한 일상에서 잔잔한 즐거움과 행복을 찾아 누릴 줄 안다. '예민하다'라는 말을 사전에서 검색하면 '무엇인가를 느끼는 능력이나 분석하고 판단하는 능력이 빠르고 뛰어나다'라는 뜻이 첫 번째로 나온다. 이 문장을 읽다 보니 예전부터 예민함이 나의 든든한 지원군이 되어주었다는 생각이 들었다. 뾰족한 분석과 판단이 필요한 이커머스 분야 일을 할 때도, 내 안의 생각을 정리해서 글로 만드는 작업을 할 때도 나는 나의 예민함에 기대곤 하니까.

내향인인 내가 집순이인 것은 너무 뻔하다. 나는 집에서 한없는 자유로움을 느낀다. 집에 있는 시간이 괴로웠던 시절도 있었기에 지금 집에서 보내는 시간을 더 소중하게 여긴다. 요즘 나는 집에서 일하고, 집에서 놀고, 집에서 휴식한다. 종종 누굴 만나러 카페나 음식점에 가기는 하지만 맛집도, 핫플 투어도 그리 좋아하지 않는다. 자주 '이불 밖은 위험해'라고 외친다. 그렇게 외치고 이불을 머리끝까지 덮어쓸 안온한 공간이 있다는 데 감사한다.

평소 나는 계획할 수 있는 모든 것을 계획하는 편이다. 계획을 위한 계획도 즐긴다. 모든 경우의 수를 예상해 플랜A, 플랜B, C, D, E, F…를 준비한다. 물론 그런 나를 비웃듯 삶은 내 예상과 계획을 비껴간다. 일상의 코너마다 상상도 못 한 일들이 숨어 있다. 그 일들이 나를 통제할 수 없는 상황으로 데려가고, 긴장 속에서 종일 떨게 한다.

　　반면 집은 안전지대다. 있어야 할 것들이 제자리에 있고, 대체로 예상한 일들이 제어할 수 있는 범위에서 벌어진다. 내가 일곱 번 이직을 감행하고 적응할 수 있었던 것, 안정적인 회사를 그만두고 프리랜서 선언을 할 수 있었던 것, 연고도 없는 곳에 시골집을 사서 고칠 수 있었던 것, 힘들어하면서도 매번 새로운 일에 도전할 수 있는 것…. 그것은 모두 그 시절의 집 덕분이라는 생각을 한다. 내게는 가방만 내려놓고 드러누울 집이 있었다.

　　나는 예민한 사람이다. 이 예민함을 건강하게 지켜내기 위해서 집에서만큼은 이완된 상태로 완전한 편안함을 추구하고 싶다. 그러므로 귀가 후 루틴을 없앨 필요는 없다고 결정하고 선언한다. 게으름이라며 비난하기보다 나름의 의식이라 생각하며 오롯한 휴식을 주기로 한다.

　　사실은 오늘도 집에 오자마자 현관 앞 바닥에 누웠다. '긴장 완화 15분만 할까?' 하면서. 소망이는 5분간 궁디팡팡을 받더니 지겹다는 듯 곁을 떠났다.

이사록(移徙錄)

인생의 어떤 이야기, 특히 아주 어릴 때 이야기는 전설에 가깝다. 스스로 떠올린 게 아니라 타인으로부터 구전되곤 하니까. 이야기는 보통 이렇게 시작한다.

"그러니까 그게 언제였냐면….."

집집마다 열정적인 스토리텔러가 한 명씩 있을 텐데 우리 집은 할머니였다. 내가 제대로 기억하지 못하는 나의 어린 시절은 주로 할머니 입을 통해서 전해졌다. 할머니 얘길 거듭 듣다 보면 점점 헷갈린다. 내가 이걸 들어서 아는 건지, 실제로 기억하고 있는 건지, 아니면 두 가지가 오묘하게 뒤섞인 건지. 그러면 할머니는 네 모서리가 닳아 둥글어지고 지문이 잔뜩 묻은 사진 몇 장을 꺼내 온다. 앨범에도 넣지 않은 낡은 사진들이 장판 위에 주섬주섬 놓인다.

전설이 다른 이야기들과 구분되는 특징은 세 가지라고 한다. 이야기를 뒷받침하는 기념물이나 증거물이 있을 것, 역사와 관련이 있을 것, 화자와 청자가 그 사실을 믿을 것. 그렇다면 이 이야기들은 전설이라 부르기에 충분하다. 할머니가 꺼내놓은 사진이 증거이고 그의 오랜 삶이 역사니까. 꺼내놓은 사진들을 보며 할머니 얘길 듣다 보면 누구나 믿게 되니까.

이런 전설 같은 이야기는 호칭조차 헷갈리는 친척들이 모이는 명절이나 경조사에서 널리 전해진다. 이야기가 반복될 때마다 각색이 더해지고 과장되는 것이 특징이다.

할머니가 결코 과장하지도, 널리 전하지도 않는 이야기도 있었다. 할머니와 내가 잠이 오지 않는 밤, 할머니의 자분자분한 목소리를 타고 우리가 나란히 누운 방을 가로질렀던 이야기.

"그러니까 그게 언제였냐면…. 니 오빠가 다섯 살, 니가 시 살(세 살) 때였어. 나는 육십 안 먹고."

나의 할머니 김남례 씨는 당시 '공순이'였다. 다들 그렇게 부른다며 스스로도 공순이라 칭했다. 여러 공장 중에서도 가장 오래 다닌 곳은 신발 공장이다. 그곳에서 신발 윗부분인 갑피와 밑창을 본드로 붙이는 일을 했다. 환기가 제대로 되지 않는 시설에서 종일 본드 냄새를 맡으며 작업을 하다 쓰러진 일도 여러 번이다.

그의 또 다른 업무는 육아였다. 먹고살 길을 찾느라 바쁜 딸네를 대신해 손주 육아 대부분을 대신했다. 손주들은 갑작스레 그의 집에 찾아와 몇 달 동안 지내다 가기도 했고, 1년을 꽉 채워 함께 살기도 했다. 남례 씨는 두 아이를 키우느라 정신없는 와중에도 틈틈이 공장에 나갔다. 그래야 빠듯하게라도 살 수 있었다.

"그날이 이삿날이었는디, 하필 또 비가 와. 솔 찬히 퍼붓드라고."

이삿짐을 실어 나를 용달차는 약속 시간에 신 작로에 도착하기로 되어 있었다. 골목 안에 있는 집 에서 신작로까진 할머니 혼자 짐을 옮겨야 한다는 뜻이었다. 그나마 다행은 살림살이가 무척 단출했다 는 사실. 이불 몇 채와 옷가지 조금, 그릇 몇 가지가 전부였다. 이른 새벽인 데디 비까지 쏟아지니 큰길 가로 나와도 사방이 컴컴했다. 남례 씨는 어둠 속에 서 인도 한쪽에 살림살이를 착착 쌓았다. 그리고 젖 지 않게 큰 비닐로 덮은 뒤 무거운 돌로 괴어두었다. 아무리 단출해도 몇 번은 짐을 더 옮겨야 하는데 다 섯 살, 세 살 먹은 손주들이 문제였다.

"여기 비니리 안에 딱 드가 있어. 또 둘이 말짓 하지 말구. 어디 딴 디 가지 말구."

뉴스에서 어린애들을 유괴하는 무서운 놈들이 있다는 이야길 들어 불안했지만 손길 발길을 더 서 두르는 것 외에 방도가 없었다.

양손 가득 짐을 챙긴 뒤 굽이굽이 이어진 골목 길을 빠져나올 때였다. 신작로에 멈춰선 쓰레기 수 거차에서 내린 웬 남자가 비닐로 덮어놓은 이삿짐을 향해 손을 뻗고 있었다. 다급히 달리며 소릴 질렀다.

"어어어어? 아자씨! 뭣 헐라고 그려요. 그거 쓰레기 아녀요! 그거 우리 애기들이란 말이어요!"

할머니는 헐레벌떡 달려와 아저씨의 손을 저지했다. 당황한 아저씨는 쓰레기인 줄 알았다고, 본인이 더 놀랐다며 뒷걸음질쳤다. 종량제 봉투나 폐기물 스티커 같은 게 없었던 때, 뭐든 길가에 내놓으면 수거해 가던 시절이었다. 비닐을 걷어 아이 둘을 품에 안고 아이들의 보송한 볼과 자신의 축축한 볼을 맞댄 후에도 마음이 진정되지 않았다고 했다.

"짐 내불고 달려와갖구 포도시 말렸지. 하마터면 째깐한 니들을 쓰레기차에 실어 보낼 뻔 안 했냐. 아직도 심장이 벌렁거려 싸."

남례 씨는 내 옆 이부자리에 누워 있었지만 이 이야기 속 자신이 달릴 땐 목소리로 달렸다. 손주들을 만나 품에 안는 대목에선 이불 아래 온몸으로 안도했다. 이 이야기를 수많은 밤에 반복했으면서도 매번 그랬다. 가끔 묻고 싶었다. 그때 엄마 아빠는 어디에 있었느냐고. 왜 할머니 혼자 애들 둘을 이고 지고 종종거렸느냐고. 묻지는 않았다. 우리 가족 저마다 그 시절을 살아내느라 바빴다는 걸, 서로를 볼 수 없는 자리에서 고군분투했다는 걸 어린 나도 알고 있었기 때문이다. 대신 이렇게 물은 적이 있다.

그날 혼자서 너무 막막하지는 않았냐고.

중학생 때였나. 언젠가 친구네 집에 갔다가 깜짝 놀랐다. TV에서나 보던 웅장하고 푹신한 소파 때문도, 걔네 엄마가 튀겨준 (치즈스틱이라는) 희한한 튀김 때문도 아니었다. 내가 놀람을 감추지 못한 것은 친구 방 문 옆에 그어진 작은 선들과 숫자들의 존재였다. 이게 뭐냐고 묻자 친구는 말했다. 서너 살 때부터 아빠가 키를 재준 흔적이라고. 나무로 된 문틀 옆으로 그어진 여러 개 선들은 친구의 엉덩이쯤부터 시작해서 친구의 머리 높이에서 끝났다.

"그럼 너는 그때부터 이 집에 계속 산 거야? 이사를 한 번도 안 가고?"

놀란 얼굴로 묻는 내게 친구가 답했다.

"아니, 그때가 아니라 태어났을 때부터 이 집에 살았는데." 그리고 마당의 나무를 가리키면서 태연히 말했다. "내가 태어난 해에 아빠가 심은 거래."

어떤 사람은 태어난 집에서 아주 오래 살기도 하는구나. 이사를 잘 모르는 사람도 있구나. 반면에 나는 이사를 꽤 아는 사람이었다. 그렇다고 생각했다. 우리 가족은 내가 초등학교를 다니는 내내 이사를 다녔으니까. 내 생활기록부는 전학 내역을 적을 칸이 모자라 종이를 덧댈 정도였으니까.

그렇지만 내가 이사 전문가가 아니라 단지 전학 전문가였다는 사실을 인정하게 된 것은 그 후로 10년이 더 흐른 뒤였다. 공장을 다니면서 손주 둘을 키우고 비가 쏟아지는 새벽에 홀로 이삿짐을 챙기는 게 막막하지는 않았었냐고 묻는 내게 남례 씨는 답했었다.

"막막할 시가 어됐냐, 바쁘고 정신 사나 죽것는디."

내가 그 말을 오롯이 이해하게 된 건 스물 몇 살이 되어 몇 번의 이사를 경험한 후였다. 돈을 마련하고, 새집을 찾고, 계약하고, 돈을 부치고 받고, 짐을 싸고 풀고, 살던 곳을 떠나 새로운 인프라를 구축하는 일. 완전히 새로운 환경에 적응하는 일. 그 모든 것을 해내는 게 이사다. 사귄 친구들과 헤어지고 새로운 학교로 등교를 하는 정도의 모험이 아니라.

아, 이삿날 사건사고를 감수하는 것도 포함해야 한다. 이삿날에는 나 때문에 혹은 남 때문에 기막힌 일이 수없이 생긴다. 애초에 누구의 잘못인지 알 수 없을 정도로 꼬이고 또 꼬이는 일도 있다.

그러니 남례 씨 말대로 아무리 힘들어도 감상에 빠질 틈이 없다. 서류 몇 장으로 거의 전 재산에 해당하는 돈이 오가고, 나머지 재산은 몇 시간 안에

박스에 담긴 채 집에서 집으로 옮겨 가는 급박한 상황. 걸린 돈이 크면 커서, 적으면 적어서 힘든 것이 이사였다. 게다가 이사는 속도전이다. 이사와 관련된 모든 이의 시간과 노동이 돈으로 환산되니 모든 순간에 조급해진다.

뭐든 처음이 어렵다지만 내게 이사는 그렇지 않았다. 할머니와 함께 살던 집을 떠나 처음 독립할 때 내 짐은 트렁크 하나였다. 트렁크를 끌고 나와 시외버스를 타고서 첫 이사를 했다. 혼자 사는 삶이란 언제든 여행가방 하나면 새로운 곳으로 옮겨 갈 수 있는 것일까. 그럴 수 있을 것 같았다. 돌아보면 내 생애 가장 무탈했던 이사는 이날의 이사이고 그 사실은 앞으로도 갱신될 수 없을 거란 확신이 든다. 그 후로는 다사다난한 이사가 이어졌기 때문이다.

"학생, 짐이 들어갈 자리가 없겠는데?"

이삿짐센터 사장님은 난감하다는 표정으로 말했고, 나는 그게 무슨 소리냐는 표정으로 방 안을 들여다봤다.

"여기 봐요. 방이 꽉 찼잖아. 트럭에 아직 짐이 잔뜩 있는데 놓을 데가 없어. 지금 올라온 것도 안 들어가겠네."

정말이었다. 방 안은 이미 짐으로 가득했다. 사장님은 이어 말했다.

"원룸 짐이라더니 짐이 너무 많다 했어. 아니, 무슨 옷이랑 신발이 이렇게 많아. 이런 건 원래 돈도 더 받아야 되는데…."

이전 집보다 더 좁은 집으로 이사하면서 이전 집의 짐을 그대로 들고 온 게 문제였다. 결국 짐들은 현관 밖 복도에 쌓였다. 더 이상 이삿짐센터에서 해줄 수 있는 게 없었다. 버리든지, 밀어 넣든지, 이고 자든지, 내가 해결해야 했다.

살았던 대부분의 집에 룸메이트가 있었기 때문에 조심스레 짐을 늘렸다. 가능하면 큰 가구나 가전제품은 사지 않았다. 앞으로 어떤 집에, 누구와, 어떤 모습으로 살게 될지 예측할 수 없었기 때문이다. 그러나 옷과 신발만은 예외로 둔 게 화근이었다. 공간을 많이 차지하지 않고 처분이 쉽다는 이유로 그것들은 집 문턱을 쉽게 넘었다. 그러다 결국 집 안으로 들어오지 못하고 문전박대를 당하는 신세가 되었다.

그 후 며칠에 걸쳐 짐을 정리했다. 자취인의 필수품 왕자행거를 여러 개 사서 벽면을 따라 주르륵 설치해보기도 했지만 대부분은 버려야 했다. 겨우 행거에 걸었다 해도 끝이 아니었다. 옷가지는 자는 나의 얼굴 위로 주기적으로 쏟아지며 존재감을 확인시켰다. 그날의 이사가 가르쳐준 날카로운 교훈은 이런 것이다. 이사의 난이도를 결정하는 것은 짐이다. 너의 짐을 (절대) 과소평가하지 말라.

저렴한 비용에 애정 어린 잔소리까지 더해 이삿짐을 옮겨주신 이삿짐센터 사장님과는 몇 년 뒤 다시 만났다. 새 이사를 앞두고 전화를 걸었더니 이제 직원을 몇 명 두고 포장이사도 하신다고 했다. 나는 전보다 많아진 짐 규모와 이사 갈 집을 설명한 뒤 사다리차와 포장이사를 예약했다. 포장이사까지는 필요 없지 싶기도 했지만 보은의 뜻을 담아 약간 무리를 했다. 나도 한번은 속 편히 포장이사를 해보자는 생각도 있었다.

이사 당일. 사장님은 흰머리 지긋한 할아버지 세 분과 함께 우리 집을 찾았다. 혹시 다른 분들이 더 오시나 싶어 뒤를 살폈지만 더 오실 분은 없는 것 같았다. 사장님과 몇 년 만에 근황을 나누면서도 당황한 기색을 감추지 못했다.

"사장님. 어르신 세 분이 짐도 옮기시고 포장도 해주시는 건가요?"

그렇다고 했다. 그사이 할아버지들은 흩어져 바삐 움직이셨고 나는 곁눈으로 할아버지들을 쫓았다. 예전과 달리 집에는 큰 가구와 가전제품이 여럿 생겼다. 책장 가득한 책들도 무게가 제법 나간다. 괜찮으실까…?

괜찮지 않다는 걸 바로 알 수 있었다. 무거운 짐을 들고 내려놓을 때마다 할아버지들의 앓는 소리가 온 집 안에 울렸다. 유리와 도자기 그릇은 에어캡에 꼼꼼히 포장해야 하는데 주방 일에 서툰 할아버지들은 손끝이 야물지 못했다. 결국 무거운 짐은 나와 룸메이트가 함께 들고, 주방은 내가 전담해서 포장을 마쳤다. 살던 집에서 짐을 내리는 것보다 어려운 건 새집에 짐을 올리는 일이었다. 이사 간 집이 복층 구조라 집 안 계단으로 이런저런 짐이 올라가야 하는데 할아버지들 체력이 급격히 떨어지고 있었다. 급기야 이삿짐이 담긴 플라스틱 바구니를 바닥에 질질 끌기 시작하셨다. 바닥에는 바구니가 지나간 길을 따라 스크래치가 생겼다.

"선생님, 여기 바닥이 긁히면 안 되거든요."

조심스레 말씀드리자 사장님 호통이 이어졌다.

"아, 거참! 바닥에 끌면 안 된다잖아요!"

속 편하자고 시작한 포장이사는 한없이 불편해지고 있었다. 게다가 오전 열 시 전에 마무리된다던 이사는 정오가 다 되어가도 끝날 기미가 보이지 않앉다. 두 시엔 지인의 결혼식 일정도 있었다. 결국 나는 중도 포기를 선언했다.

"사장님. 정리는 제가 할게요. 트럭에 남은 짐 만 현관까지 올려주실래요? 제가 좀 있음 결혼식에 가봐야 해서요."

첫 포장이사에 실패한 후 새 이사업체를 찾았 다. 새 업체와 함께한 다음 번 이사는 나무랄 곳 없 이 매끄럽게 진행되었다. 덕분에 살던 집과 차분히 인사할 틈이 있었다. '그간 네 품에서 잘 살았어. 고 마웠어. 안녕.' 눈물을 훔치며 마지막으로 사진도 한 장 찍었다. 추억으로 울렁이던 마음이 바짝 정신 을 차린 것은 새집에 도착해서였다. 텅 비워져 있어 야 할 집 안에 가구와 가전이 보였다. 여기저기 살림 살이도 그대로였다.

"어… 저기… 이사를 안 가신 거예요?"

상황 파악이 안 돼서 말도 잘 나오지 않았다. 시간을 착각했나 싶어 몇 번을 확인해도 입주하기로 한 시간이 맞았다. 이전 세입자는 이사업체가 늦게 와서 늦어졌다고 했고 그의 이사업체는 그런 적 없 다며 잡아뗐다. 그들은 그 자리에서 목소릴 높이며 싸우기 시작했다. 들어보니 관리실에 이사 나갈 시 간을 알리지 않아 생긴 문제였다. 이사업체는 시간

맞춰 도착했지만 관리실에선 사전등록된 이사가 없으니 엘리베이터와 주차장 같은 공용 공간을 사용할 수 없다고 했고 이 때문에 실랑이가 생겨 제시간에 이사를 시작하지 못한 거였다.

한편 한 대뿐인 엘리베이터에선 내려가야 할 짐과 올라와야 할 짐이 기싸움을 했고, 내 이사업체는 다음 스케줄에 맞추려면 얼른 짐을 내려야 한다고 재촉했다. 붙박이장 설치기사 전화가 울렸고, 소망이 울음소리마저 들렸다.

정신을 똑바로 차려야 했다. 넓지도 않은 집 안에 두 이사업체가 옥신각신하고 있었지만 집부터 확인해야 했다. 계약할 때 멀쩡했던 변기는 물이 내려가지 않았고, 천장형 에어컨은 리모컨이 사라져 제대로 작동하는지 알 수 없었다. 완공한 지 고작 2년 넘은 집인데 이곳저곳 녹슬고 망가져 있었다. 화와 짜증을 삭이며 처리할 내용을 하나씩 메모했다.

· 막힌 변기 조치
· 에어컨 작동 여부 확인
· 에어컨 리모컨 비용 차감 또는 구매 요청
· 이사업체 시간추가금 정산
· 스페어 키와 현관 마스터 키 반납 요청

· 관리비·가스비 정산 여부 확인

· 붙박이장, 인터넷 설치 시간 조정…

핸드폰 메모장에 하나씩 적어가며 나는 남례 씨 말을 떠올렸다. 막막할 틈이 어디 있나, 바쁘고 정신 사나워 죽겠는데. 나는 찡그린 채로 피식 웃었다. 이사를 거듭할수록, 거듭 살수록 남례 씨 마음에 가까워진다. 아무리 가까워져도 결코 다시 연결될 수 없다는 점을 생각하면 슬퍼지지만.

언젠가 나도 누군가에게 '그러니까 그게 언제였냐면…'으로 시작하는 전설 같은 이사 이야기를 끌러놓게 될지도 모른다. 그렇다면 비닐 속에서 할머니를 가만 기다리던 이야기도, 할머니 없이 겪은 사건사고 이야기도 해야지. 나는 남례 씨처럼 꾸준히 들려줄 이가 별로 없으므로 이사록(移徙錄)을 기록했다. 이 이사록의 뒷부분에 어떤 이야기가 더해질지 궁금하다. 내가 할머니에게 물었듯 누군가 나에게 너무 막막하지는 않았냐고 묻는다면 나는 뭐라고 답할까도 상상한다. 이삿날이 마냥 기쁠 거라 생각하는 이는 이사를 한 번도 해보지 않은 자뿐이라고, 이삿날엔 무슨 이유로든 크고 작게 슬퍼지기 마련이라고 답해야겠지.

방황하는 장바구니

신선식품 코너 앞에 한참을 멈춰 서 있다. 진열대 위 마늘을 뚫어지게 바라보면서. 그사이 몇몇 손길이 진열대를 거쳐 간다. 그들은 거침없이 마늘, 파, 양파를 골라 떠나는데 나는 여전히 그 앞에 붙들려 있다. 국내산과 중국산 중에 무얼 집어 들까 고민하는 것도, 깐 마늘과 간 마늘 중에 오락가락하는 것도, 백 그램과 이백 그램 중에 갈팡질팡하는 것도 아니다. 냉장고에 마늘이 남았나. 흐린 기억 속을 더듬는 중이다. 있었던 것 같은데 없는 것 같기도 하다. 다른 거라면 몰라도 마늘의 유무는 확실히 해두어야 한다. 만약 누군가와 함께였다면 그는 혼자 심각한 나에게 말했을 것이다. 그냥 하나 사지 그래. 없는 것보다 많은 게 낫잖아. 금방 썩는 것도 아니고. 그럼 나는 초조하게 답하겠지.

"그게 또 그렇지가 않아요. 깐 마늘은 생각보다 연약한 친구야. 냉장해도 얼마 안 가 하얗게 곰팡이가 생긴다고. 곰팡이가 난 마늘은 그 부분을 잘라내도 먹을 수 없어. 독소가 생기거든. 냉동하면 되지 않냐고? 아니야, 그러면 전혀 다른 친구가 되어버려. 뭐랄까, 자기 자신을 잃는달까⋯."

가상의 동행에게 마늘의 유무에 집착하는 이유를 한참 설명하는 와중에 번뜩 한 장면이 떠오른다.

아, 있다 있어. 엊그제 가지무침을 해 먹고 남은 건 밀폐용기에 넣어놨지. 그제야 미련 없이 돌아서 다음 코너로 향한다. 향하려고 한다. 그러나 몇 걸음도 걷지 못하고 발걸음을 멈춘다. 어? 잠깐. 가지무침을 해 먹은 건 꼭대기집이 아니라 수풀집인데.

　　두 곳의 집을 오가며 살고 있다. '꼭대기집'과 '수풀집'. 보통 평일은 도시에 위치한 꼭대기집에서 지내고, 주말 이틀은 시골에 자리한 수풀집에서 보낸다. 이 두 집을 '도시집'과 '시골집'이라 부르거나 '평일집'과 '주말집'이라 부를 수도 있을 것이다. 그러나 나 같은 작명 애호가(바로 뒤 글 '우리 각자의 화장실에서' 참고)에겐 있을 수 없는 일이다. 작명의 대상이 집이라면 더욱 그렇다.

　　이 넓은 세상, 많고 많은 집 중에서 기어코 내 쉴 곳이 되어준 집. 나를 품어준 집. 그런 집에 이름을 붙이는 일은 중요하다. 중요하게 생각한다고 창의적이 될 수는 없는 노릇이지만. 나의 작명은 대체로 단순하다. 도시 집이자 평일 집을 '꼭대기집'이라 이름 붙인 까닭은 건물 가장 위층, 꼭대기에 위치한 집이기 때문이다.

　　꼭대기집은 강남역으로 출퇴근하던 직장인 시

절에 이사한 집이다. 초역세권이라는 극강의 장점이 있지만 번화가 먹자골목과 가까워 1년 내내 소음이 끊이질 않는다. 그러나 그 점은 이중 새시에게 일임키로 했다. 치명적 단점이지만 그 점을 제외하면 매우 출중한 집이기 때문이다.

꼭대기집은 복층 구조다. 복층으로 향하는 계단은 이상하리만치 가파른데 소망이는 그 계단을 오르내리는 일을 좋아한다. 계단 어디엔가 엎드려 집에 찾아온 비(非)고양이들을 지켜보는 일을 즐긴다. 각도가 잘못돼도 한참은 잘못된 이 계단은 이 집에 살거나 이 집에 오가는 비고양이, 특히 음주한 비고양이들에게 위협적이다. 그러나 그게 뭐 그리 중요하겠는가. 특대형 빌트인 캣타워가 생겼고 우리 소망님이 신나는데.

꼭대기집은 집 안에 작은 테라스가 딸려 있다. 여러 후보 중에서 꼭대기집으로 이사한 결정적인 이유다. 나는 테라스에서 푸성귀와 허브를 키우고 향이 좋은 치자나무와 라일락을 기른다. 직사광선 아래에서 잘 자라는 몇 가지 꽃도 가꾼다. 테라스에서 소망이와 첫눈을 맞고, 소낙비에 서둘러 빨래를 걷으며 지낸다. 그러다 금요일 밤이 되면 수풀집으로 출발한다.

2019년 여름, 나는 충남의 작은 시골 마을에 불쑥 찾아들었다. 그리고 마을 사람들이 흉가라 부르던 한옥 폐가를 덜컥 사버렸다. 오랫동안 사람이 살지 않았음을 한눈에 알 수 있는 집이었다. 군데군데 무너지고 부서진 데다 곳곳에 폐기물이 가득했다. 그래도 기본 골조는 튼튼해 보였다.

어릴 적 할머니와 살았던 집과 닮은 집이었다. 살살 불어오는 바람이 앞머릴 쓸어 넘겨주던 대청마루, 겨울이면 서늘한 바람이 줄 지어 들어오던 전통문, 흙이 잔뜩 묻은 손발을 씻으며 하루를 마무리하던 수돗가…. 추억들이 고스란히 떠오르는 집이었다. 아는 이 하나 없는 동네였지만, 또 그래서 마음에 들었다. 덜컥 가계약을 하고 나서 주말마다 왕복 4백 킬로미터 거리를 오갔다.

시골집이 생겼단 소식을 전하자 친구들은 별장 있는 사람이라고 추켜세웠다. 그러다 내가 사진을 보여주면 별장이 아니라 귀신의 집이라고 정정했다. 흉가, 폐가, 별장, 귀신의 집…. 이미 많은 이름으로 불리지만 고유한 이름은 없는 집.

나는 이 집을 수풀집이라 이름 붙였다. 마당 가득한 폐기물 위로 무성해진 수풀이 좋았다. 이름 모를 풀꽃들이 꽃을 피우고 어디선가 날아온 씨앗이 홀로 자라나 큰 나무가 된 모습이 영화 〈마담 프루스트의 비밀정원〉에 나오는 정원 같았다. 수풀집에서는 공기의 흐름이 미묘하게 달랐다. 여기서는 나만의 속도로 찬찬히 살 수 있을 거란 생각이 들었다.

여름 끄트머리에 만난 수풀집은 가을이 되어서야 서류상 나의 집이 되었다. 매수인 칸에 내 이름 석 자가 쓰여 있었다. 언젠가는 계약 기간 끝날 걱정이 없는 집에 살고 싶다고 생각해왔지만, 그것이 이렇게 멀리의 시골집일 줄이야. 계획한 일이 아니라서 돈이 부족했다. 결국 모자란 돈은 빚을 내 치렀다. 이후 수풀집을 정리하고 고치는 일은 생각보다 더뎠다. 가을을 지나고 겨울을 보냈다. 그리고 다음 해 봄이 되어서야 몸을 누일 수 있는 집이 되었다.

계절이 바뀌는 동안 한 번도 해보지 않은 일을 꿋꿋이 해나갈 수 있었던 건 바스락거리는 마음 덕분이었다. 일과 사람, 도시 생활에 지쳐 피폐해진 마음. 그것들로부터 도망치고 싶은 마음. 그 마음들이 원동력이 되었다.

독한 번아웃을 겪고 있었던 나는 집을 다 고치면 회사를 그만두고 이사를 올 요량이었다. 집과 텃밭이 있으니 굶어 죽지는 않겠다 싶기도 했다. 빈방이 있으니 여차하면 농어촌 민박을 할 생각이었다.

농어촌 민박 시설 기준을 확인하고 허가 조건에 맞춰 공사를 마무리했다. 막상 공사가 끝나자 현실적인 걱정이 몰려왔다. 어찌어찌 먹고산다고 해도 대출금은 어떻게 갚지. 퇴사하면 마이너스 통장으로 빌린 돈은 상환해야 하는데. 생각보다 공사비용이 많이 들었다는 사실 또한 걱정에 일조했다.

결국 당장 회사를 그만두고 시골로 내려올 수는 없다는 결론에 이르렀다. 그리하여 대출금을 다 갚을 때까지는 시골과 서울, 서울과 시골을 오가는 생활을 하기로 했다. 주말 시골 살이, 5도2촌의 시작이었다.

주말마다 수풀집에 머물면서 나에게는 몇 가지 새로운 직업이 생겼다. 성실하지만 손끝이 야물지는 않은 주택관리사, 삼시 세 끼를 책임지는 요리사, 꽃보다 잡초가 많은 화단의 정원사, 마당고양이 급식소 운영자, 동네 개들의 산책 도우미, 앞집 할머니의 브런치메이트이자 농사 특강 열혈 수강생, 작은 텃밭의 농부⋯. 나의 새로운 직업들은 나도 몰랐던 나를 발견하고 돌봐주었다. 묵묵하고 성실한 자연이 언제나 내 곁에 있다는 것을 알려주었다. 모두 타버려 재가 된 번아웃의 자리에서 작은 싹이 자라난 것 같았다. 살수록 수풀집이 좋았다.

두 번의 봄을 맞이하고 보냈을 무렵 수풀집을 사고 고치느라 빌렸던 돈을 모두 상환했다. 그러나 나는 퇴사하지도, 농어촌 민박을 시작하지도 않았다. 일이 싫어진 게 아니라 일이 보이지 않을 만큼 지쳐 있었을 뿐이란 사실을 깨달았기 때문이다. 사람이 미웠던 게 아니라 그들을 바라볼 마음의 여력이 없었다는 걸 알았기 때문이다.

그때부터는 도시로 돌아가는 일요일 밤이 설레고 기다려졌다. 그렇다고 수풀집을 떠나고 싶지도 않았다. 주택관리사, 요리사, 정원사, 브런치메이트, 농사 특강 수강생, 농부 그리고 아직은 모르는 새로운 나. 그들이 모두 수풀집에 살기 때문이었다.

그로부터 몇 년이 더 흘렀다. 나는 여전히 N잡러를 자처하며 수풀집과 꼭대기집을 오간다. 많은 직업 중 어떤 직업은 미숙함을 벗어났고 어떤 직업은 아직도 서투르다. 직업들은 계절 따라 성수기와 비수기를 겪기도 한다. 요즘처럼 가을이 시작될 때 성수기를 맞이하는 직업은 농부다. 가을 농사를 시작하기 때문이다.

가을볕 아래 텃밭에서 잡초를 뽑고, 돌을 고르고, 괭이질을 한다. 가을에 심는 것은 김장을 책임질 배추, 무, 쪽파 삼총사다. 미리 만들어둔 두둑에 여린 배추 모종이 상하지 않도록 조심스레 심는다. 무씨는 한 구멍에 서너 개씩 넣은 후 포슬포슬 흙으로 덮는다. 사이사이 매서운 가을 모기에게 헌혈하는 것도, 새참을 챙겨 먹는 것도 잊지 않는다. 쪽파 종구는 겉껍질과 수염뿌리를 정리해 적당한 크기로 쪼갠다. 그리고 윗부분을 잘라 작은 생채기를 낸 뒤 손가락 두 마디 깊이로 심는다.

텃밭 농부 4년차가 되었어도 여전히 나는 초보 농부다. 그래서 이웃 어르신이 심으면 심고, 거두면 거두는 눈치 농사를 지향한다. 농사 스승인 앞집 할머니께 부지런히 농사 특강도 듣는다. 배추 속이 차오르면 배춧잎을 들춰 속을 파먹는 벌레를 잡는 일 같은 것 말이다.

그러나 더 배울 필요 없이 이제 알고 있는 사실도 있다. 여린 배춧잎이 점차 커다래지고 속을 채워가는 일, 쌀알만 한 무 씨앗이 지면 위로 푸르스름하고 단단한 이마를 내미는 일, 쪽파 종구가 작은 생채기에서 푸른 줄기를 통통하게 올리는 일, 그것은 농부 홀로 해내는 일이 아니라는 사실이다.

따사로운 가을의 햇빛, 선선한 바람, 새벽 이슬, 차분히 겨울로 향하는 추위가 함께 해야 한다. 농부는 언제나 계절과 손발을 맞추며 일한다. 텃밭에 물을 흠뻑 주고 돌아서서 뒤늦게 알게 되는 것도 있다. 텃밭에는 김장 삼총사뿐 아니라 수확을 기다리는 마음, 겨울을 준비하는 마음, 스스로를 돌보는 마음도 심겼다는 사실이다.

김장거리마저 자급자족하지만 집이 아니라 '집들'이 있는 삶은 기본적으로 사치스럽다. 모든 살림살이가 두 개씩 필요하다. 냉장고도, 세탁기도, 식탁도 두 개. 생활을 유지하기 위한 비용 역시 곱절이다. 꼭 필요하지 않은 것을 구분하고 줄여가야 했다.

새것을 큰 고민 없이 사들였다 쉽게 버리며 산 시간이 길었다. 직업적으로 어쩔 수 없는 일이라고 자위했다. 나는 늘 새로운 상품을 기획해야 하고 트렌드를 놓쳐선 안 되는 이커머스MD니까.

그러나 기획하는 감각이 소비로부터 오는 게 아님을 알게 된 후에도 한번 들인 습관은 쉽게 고쳐지지 않았다. 어떨 땐 있지도 않은 돈으로 물건을 샀다. 미래의 내가 몇 번에 나누어 갚을지만 선택하면 일단은 내 것인 체할 수 있는 시스템에 눈을 뜬 것이다. 과거의 내가 산 것들의 값을 치르느라 현재의 내가 고통스러워지기도 했다. 그러면 나는 더 먼 미래의 나에게 새 물건을 요구했다.

그러나 '집들'이 생기자 소비 습관은 새로운 국면을 맞이했다. 지출을 이전의 반으로 줄이지 않으면 양쪽 집을 유지하기 어려웠다. 매주 양쪽 집을 오가는 일을 반복하다 보니 거의 쓰지 않는 물건들이 보였다. 어느 날은 깜빡했고, 어느 날은 귀찮아서 안 챙겼고, 어느 날은 대체할 물건이 있어 일부러 빼놓는 것들이 있었다. 그 과정을 반복하자 내게 꼭 필요한 물건과 그렇지 않은 것을 구분할 수 있었다.

이제 나는 꼭 필요하거나 오래 간직하고 싶은 물건들을 차분히 고민한 뒤 구매한다. 꼭 필요한 것의 기준도 엄격해졌고, 꼭 필요한 것이라도 너무 많은 양을 소유하지 않으려 한다. 특히 옷과 신발, 가방에 대해서는 단호하다.

소비하는 즐거움이 자취를 감췄다. 그 자리에는 정말 좋아하는 물건들을 세심히 돌볼 수 있는 여유가 생겼다. 수많은 옷과 신발 중 뭘 입고 뭘 신을지 고민하던 시간은 단출함이 주는 평화로 채워졌다. 선택지가 줄어들수록 이상하게 자유로워졌다.

그러나 제철 식재료와 파, 양파, 마늘 같은 건 변함없이 삶에 꼭 필요한 것으로 분류하고 있다. 있어야 자유로워지는 품목이라고 분류해야 더 적절할 것이다. 특히 마늘은 요리의 시작과 끝이다. 수많은 음식이 마늘 혹은 마늘 향에서 시작되며, 완전히 망친 음식도 마늘만 넣으면 적당히 망친 음식으로 바꿀 수 있으니 말이다.

　　신선식품 코너로 돌아와 진열대 위에 깐 마늘을 장바구니에 넣었다. 겨울이 시작되기 전, 늦가을의 텃밭에 마늘을 많이 심어야겠다고 생각하면서.

우리 각자의 화장실에서

털털한 고양이와 함께 살고 있다. 까다롭지 않고 소탈해서 털털하고, 지나간 자리엔 하얗거나 까만 털을 넉넉히 남겨서 털털한 고양이다. 인터넷 설치기사, 가스 검침원, 부동산 중개인에 이르기까지 집에 드나드는 모든 사람을 환대하고, 그들과 각종 스킨십을 나누는 데 인색함이 없는 고양이다. 그러다가도 어느 순간엔 자기만의 방으로 쏙 숨어들어 에너지를 충전하고 오침을 즐기는 고양이이기도 하다.

얼마 뒤면 만 다섯 살이 되는 이 고양이의 이름은 '소망'이다. 풀네임은 주소망. 성을 붙여 소망이를 소개할 때면 종종 독실한 기독교 신자냐는 질문을 받는다. 매번 아니라며 어영부영 넘어가곤 했는데 이참에 이름의 유래도 얘기하려 한다. 이름에 대해 말하자면 일단 그의 묘생을 알아야 한다.

내가 아는 소망이의 묘생은 시골 장터에서 시작된다. 강원도 시골집에 사는 나의 지인 주 여사는 오일장에 갔다가 우연히 그를 만났다. 술에 거나하게 취한 할아버지가 팔고 있던 아기 고양이. 고양이라기보단 쥐에 가까운 생김새였다고 한다. 할아버지는 고양이가 쥐도 잘 잡고 집도 잘 지키니(?) 5천 원만 주고 데려가라고 했단다. 일흔에 가까운 주 여사는 고양이를 키워본 적도, 고양이를 잘 아는 것도 아

니었지만 무언갈 키우는 데는 꽤 자신 있었다. 삼남
매를 장성한 어른으로 키워냈고, 강아지 두 마리를
늠름한 성견으로 키워 8년째 함께하고 있으며, 5백
평 규모의 땅에서 각종 작물과 꽃, 나무를 정성으로
키우고 있으니 말이다.

"할아버지, 이 고양이 제가 데려갈게요."

주 여사는 아기 고양이를 집으로 데려와 '소망'
이라 이름 지었다. 주 여사 집에 아기 고양이가 왔다
는 소식을 전해 듣고도 별 관심을 두지 않았다. 어린
생명체야 당연히 귀엽겠지만 나 하나 건사하며 살기
도 벅찬 사람의 세계와 반려동물의 세계가 쉽게 겹
쳐질 리 없었다.

내가 주말에 주 여사의 집으로 향한 건 시골살
이를 미리 경험해보기 위해서였다. 몸이 고장 난 건
지 마음이 고장 난 건지, 아니면 둘 다 고장 나버린
건지 알 수 없던 그때. 나는 충남 금산에 쓰러져가는
폐가를 덜컥 사버렸다. 서울 사는 회사원이, 서울에
서 2백 킬로미터 거리의 시골 폐가를 샀으니 덜컥이
라는 표현이 과하지는 않을 것이다. 그때 내가 휴직,
한 달 살기, 퇴사 같은 단어들을 순서대로 검색하다
시골집에 이른 것은 우연이었을까, 운명이었을까.
어쨌건 당시 주 여사의 시골집과 마을이 내게는 시

골살이 체험관 같았다. 나는 거기서 소망이를 처음 만났다. 이건 운명이라고 생각한다.

고양이는 놀라운 동물이었다. 배변 훈련을 따로 시키지 않아도 마련해준 모래를 파고 똥오줌을 넣으며, 심지어 조그마한 손으로 그 위에 모래를 정성스럽게 덮었다. 머리인지 목인지 알 수 없는 곳에서 작은 모터가 잔잔히 돌아가는 소리를 낼 수 있다는 것 또한 신기했다. 고양이가 기분 좋을 때 내는 소리라고 했다. 소망이는 처음 보는 내 허벅지에 매달려서, 발가락을 붙잡고서, 무릎에 기대서, 내내 모터 소리를 냈다. 분명 잠들었는데 모터 소리를 멈추지도, 팔랑거리는 꼬리를 쉬지도 않았다. 그 모습을 보며 생각했다.

'쫌 귀엽네.'

그 고양이가 주 여사의 너른 시골집을 떠나 갑자기 서울 우리 집으로 상경한 건 피부병 때문이었다. 코와 입 주변에 점인 줄 알았던 거뭇한 딱지들이 곰팡이성 피부병이라는 진단을 받은 것이다. 동물병원은커녕 슈퍼조차 가깝지 않은 시골 마을에서 병원을 오가는 건 쉬운 일이 아니다. 환부가 더 번지지 않도록 털을 밀고 수시로 해야 하는 소독이나 약욕도 주 여사보다 눈이 밝은 내가 하는 것이 더 나을 것 같았다. 덜컥 산 시골집 공사를 시작하기 전이었고, 우리 집엔 좀 귀여운 고양이에게 내어줄 여유 공간이 있었으니 마다할 이유가 없었다. 그렇게 소망이는 우리 집에 왔다. 일종의 탁묘이자 일시적 합숙이었다.

소망이는 나와의 합숙에 잘 적응했다. 우리 집에 온 첫날부터 원래 이 집에 살던 고양이인 척 굴었다. 아래가 뚫려 터널처럼 생긴 거실 테이블을 숨숨집(고양이가 숨어 노는 집 모양의 공간)처럼, 복층으로 올라가는 계단은 캣타워처럼 사용했다. 다이소에서 급히 사다 만든 리빙박스 화장실에서는 여지없이 쾌변을 했고, 빨래 바구니는 어느새 자신의 침대로 활용했다.

넉살 좋은 이 고양이의 문제는 한 가지뿐이었다. 피부병이 낫질 않는다는 것. 소망이의 피부병은 이상하리만치 낫지 않았다. 차도를 보여 주 여사의 시골집에 데려다줬다가도 얼마 못 가 다시 악화돼 우리 집으로 돌아오곤 했다.

소망이는 그렇게 몇 차례 시골집과 우리 집을 오갔지만, 어느 때부턴가 우리 집이 더 편해 보였다. 침대 위에서 내 베개를 베고 누운 소망이는 어느새 훌쩍 커 있었다.

'여기가 네 집이라고 생각하는구나.'

그 모습을 바라보는 내 맘이 이상하게 평화로웠다. 어쩌면 이 작은 고양이가 내 인생을 복잡하고 어렵게 만들지도 모르겠다, 그런데 그것도 괜찮을 것 같았다. 어쩌면 그런 불확실성을 감수하는 게 진짜 살아가는 일이 아닐까도 싶었다.

주 여사에게 연락했다. 소망이가 서울이 썩 마음에 드는 것 같다고. 여기서 계속 지내게 하면 어떻겠냐고. 주 여사는 아쉬워하면서도 처음부터 그럴 운명이 아니었겠느냐고 답했다. 종종 얼굴이나 봤으면 좋겠다고도 했다. 그렇게 소망이는 나의 가족이 되고, 집이 되었다. 소망이의 피부병이 완치된 건 그로부터 몇 달이 더 지난 후였다.

앞에서 말했듯이 집에 들이는 반려식물, 가구, 새로 산 물건에는 이름을 붙이곤 한다. 예를 들어 거실에 자리한 몬스테라의 원래 이름은 몬스테라 알보지만 우리 집에서는 '반반이'로 불린다. 이파리의 반은 초록색, 반은 크림색을 띠고 있어서다. 친구들은 이렇게 세상만물에 이름을 붙이다가는 이상한 사람으로 비칠 수 있으니 어디 가서 절대 말하지 말고 당부했다. 나는 그때마다 놀라며 묻는다.

"너네는 물건에 이름을 안 지어줘?"

이 넓은 세상에 마침내 나와 인연이 닿은 어떤 대상에게 새로운 이름을 부여하는 일이 나에겐 의미 있는 일이다. 소망이 역시 그 작명소에 불려 왔고, 나는 소망이에게 어울리는 새 이름을 찾으려 했다.

그러나 고민 끝에 소망이의 이름을 개명하지 않기로 했다. 소망이는 소망이니까. 작고 댕그란 얼굴, 턱시도를 입은 것마냥 까맣고 하얀 털, 우주를 담은 듯 오묘한 빛깔의 눈동자에 어울리는 또 다른 이름은 존재하지 않는 것 같았다.

소망이와 나의 시간을 이어준 주 여사를 떠올리며 소망이의 이름 앞에 성만 추가하기로 했다. 주소망. 소망이 이름 앞에 붙은 '주'는 종교적 의미가 아니라, 소망이에게 처음으로 집이 되어준 사람을 기억하고픈 마음이다.

주소망이 우리 집에 처음 왔을 때 우리 집 거실엔 좌식 소파가 있었다. 그 소파가 좋았다. '나 소파야!' 하는 위용을 뽐내지 않고 있는 듯 없는 듯 존재하는 소탈함이 매력적이었다. 소파가 그러기란 쉽지 않은데. 게다가 보통 소파보다 확연히 낮아 바닥과 자연스럽게 연결되는 점, 패브릭 소재라 이불 위에 누운 듯한 편안함을 제공한다는 점도 마음에 들었다. 나는 소파에 누웠다가 자연스럽게 바닥으로 굴

러 내려오고 다시 소파로 기어 올라가며 와식(臥式)
생활을 즐겼다.

소망이도 그 소파를 좋아했다. 나와는 많이 다
른 방식으로. 소망이는 신이 날 때마다 소파에 발톱
을 콱콱 박고 벅벅 긁었다. 덕분에 얼마 안 가 소파
한쪽 면이 누덕누덕해졌다. 좋아하는 소파를 포기할
수 없어 딱 맞는 커버를 주문해 씌웠다. 소망이는 바
로 그날부터 커버 위를 긁기 시작했지만, 상관없었
다. 말 그대로 커버니까. 마음껏 긁게 두었다가 너무
해지면 새 커버로 교체할 작정이었다. 그러나 다음
날 아침 소망이가 소파 커버 속으로 들어가 소파를
알뜰살뜰 긁고 있는 장면을 목격했다. 밤새 소파 커
버 속을 파고드는 수련을 한 모양이었다. 그 후 나와
소망이의 소파 쟁탈전이 시작되었다. 소파를 긁으려
는 자와 지키려는 자의 싸움이었다.

그건 고양이의 본능이었다. 고양이가 앞발톱을
사물에 대고 반복적으로 긁는 행위를 스크래칭(cat
scratching)이라고 한다. 고양이는 영역 표시를 하기
위해서, 스트레스를 해소하기 위해서, 몸을 풀고 스
트레칭을 하기 위해서 스크래칭을 한다. 고양이가
자연에서 살 때는 나무의 거친 표면에 스크래칭을
하지만 집에는 그럴 만한 나무가 없으니 스크래처라

는 고양이 용품을 마련해주어야 한다. 그걸 몰랐으니 소망이를 나무라며 소파 커버를 씌우고, 커버 속까지 힘겹게 들어간 소망이와 대치한 것이었다. 그날 바로 로켓처럼 빠른 배송을 자랑하는 쇼핑몰에서 스크래처를 주문했다. 주문한 스크래처가 도착했고, 소망이는 더 이상 소파를 긁지 않았다.

그러나 얼마 뒤 나는 결국 좌식 소파와 이별해야 했다. 소망이가 앓는 피부병의 원인균이 소망이가 접촉하는 물건을 통해 계속 옮겨 다닐 수 있어서 일시적으로 호전되더라도 재감염될 가능성이 있다고 했다. 소독이나 세탁이 용이하지 않은 패브릭 소파 같은 것이 특히 좋지 않다고. 나는 소파를 포기했다. 참으로 슬픈 사건이었다.

이때였을 것이다. 나의 인생과 소망이의 묘생은 새로운 국면을 맞이한 때가. 미니멀리스트를 지향하며 비워진 공간에서 안정을 얻는 인간이 높은 공간에서 편안함을 느끼는 고양이를 위해 그 공간을 캣타워로 채웠다. 각종 알러지와 비염을 보유하여 털에 취약한 인간이 움직일 때마다 360도로 털을 휘날리는 고양이와 침대를 (무척 감사한 마음으로) 공유한다. TV 보기를 즐겼던 인간이 하루하루 묘생을 개

척하는 고양이를 바라보기도 벅차 TV를 처분했다. 또 폭신하게 눕기를 좋아해서 좌식 소파를 샀던 인간이 고양이가 마음껏 긁을 수 있는 스크래처가 내장된 단단한 원목 의자를 주문해 들여놨다. 인간만 살던 집이 인간과 고양이가 함께 사는 집으로 바뀌어가는 과정이었다. 나와 삶의 양식이 다른 생명체와 공간을 나누고 합치는 일이었다.

인간인 나의 일방적인 희생은 아니다. 소망이는 고양이가 가진 본능을 거스르는 양보와 협조를 하고 있다. 5일은 서울에 살고 2일은 시골에 머무는 나의 5도2촌 생활을 5년째 함께하고 있으니 말이다. 영역동물인 고양이는 익숙한 생활 영역을 벗어나거나 차를 타고 이동하는 일이 쉽지 않다. 모든 자극에 민감한 동물이기 때문이다. 그러나 소망이는 나의 끝없는 걱정을 다독이듯 집과 집을 오가는 생활에 잘 적응해주었다. 고양이의 특성상 절대 쉽지 않은 일임을 알기에 늘 고맙고 미안한 마음으로 소망이의 컨디션을 꼼꼼히 살핀다.

소망이와 한 집에 살면서 전보다 차분히 움직이는 사람이 되었단 걸 느낀다. 고양이는 갑작스러운 상황이나 행동 변화에 예민하다. 화장실 문을 벌컥 열고 나온다거나, 나란히 앉아 있다 벌떡 일어나는 것만으로도 소스라치게 놀란다. 나는 성격이 급해 모든 행동이 빨리 감기 모드인 사람이었는데 소망이와 함께하며 다른 존재와 속도를 맞추는 법을 배워가고 있다. 그리고 아침을 반기는 사람이 되었다. '무고양' 시절의 나는 반복되는 알람 중 마지막 알람에 겨우 눈을 떠 쫓기듯 집을 나서곤 했다. '유고양' 시대를 살고 있는 지금은 가슴 위 6.3킬로그램의 묵직함을 느끼며 번쩍 눈을 뜬다. 알람은 미룰수 있어도 소망이의 아침밥은 미룰 수 없으니 말이다. 매일 갱신하는 소망이의 귀여움도 미루고 싶지 않고 말이다.

오늘 아침도 다르지 않았다. 소망이 밥그릇에 사료를 부어주고 돌아서서 따순 물을 한 잔 마셨다. 소망이가 토록토록 사료를 골라 먹는 소리를 들으면서. 잠시 후 소망이는 자기 화장실로 가더니 볼일을 보고 스륵 착 스륵 착 소릴 내며 모래를 덮었다. 그 소리를 듣고 있던 나도 자연스럽게 화장실로 향했다. 변기에 앉아 가만 생각하니 참 재밌는 일이라는 생각이 들었다. 함께 밥을 먹고, 물을 마시고, 각자의 화장실에 앉아 일을 보며 동시간대를 보내는 게. 우리는 너무나 귀여운 생명체들이구나. 따로 또 같이, 성실히 살고 있구나.

너무 지친 날에는 먹고 마시는 일, 자는 일, 싸는 일, 삶을 위해 필요한 이런 기본적인 일들조차 번잡스럽게 느껴지고 벅찼다. 그런 날이 다시 오지 않기를 바라지만 어쩔 수 없이 또 맞닥뜨리게 될 것을 안다. 그런 순간이 다시 오면 이제 나는 이 순간을 떠올릴 것 같다. 소망이와 내가 너무 귀엽고, 사랑스럽고, 성실했던 이 순간을.

어디 사세요?

"사는 지역에 관련된 질문이나 출퇴근 거리, 자취 여부나 기타 개인 신상에 대한 질문은 삼가주세요. 지원자 입장에서 무례하게 느껴질 수 있거든요. 기존 팀원분들과 소통하실 때도 마찬가지고요."

팀장들을 대상으로 한 사내 교육에서 강사가 여러 번 강조한 내용이다. 다른 건 알겠는데 어디 사느냐는 질문은 어느 방향으로 가시나요 같은 말 아닌가 의아했다.

그러다 문득 J의 말이 떠올랐다. 대전에서 나고 자란 J는 차로 두 시간 거리인 서울을 딴 세상이라 부른다. 복잡해서 사람이 살 수 없는 곳으로 평가하기도 한다. 당연히 서울에서의 만남을 좋아하지도 않고 서울 지리도 모른다. 그러면서도 통화할 때마다 '○○동 사는 사람 말고 △△동 사는 사람을 만나 연애하라'는 당부를 잊지 않는다. ○○동이나 △△동에 가본 적도 없으면서. J의 맘속에, 그 말을 단박에 알아듣는 내 맘속에, 어떤 이미지가 새겨져 있는 것이다.

이내 깨달았다. 의식하지 못한 선입견이 내 속에도 있다는 걸. 부동산 계급표니 부동산 카스트니 하는 콘텐츠가 떠돌아다니는 시대에 대뜸 어디 사느냐고 묻는 것은 무례하고 무신경한 것이라는 걸. 기억 속에서 흔히 오고 가서 문제라고 인식조차 못했지만 나 또한 그 질문을 받을 때마다 괴로웠다는 걸.

> 면접관1: 집이 어디세요? (이력서를 확인하고는)
> 아휴…. 집이 너무 머네. 우리 회사는
> 야근이 많은 편이거든요. 차 끊기면
> 택시비 엄청 나오겠어.
> 면접관2: 지금 사는 곳은 본가죠? 합격하면
> 회사 주변이나 출퇴근 가능한 곳으로
> 이사 올 수 있겠어요?

십 몇 년 전 과거의 나는 이런 질문에 대답해야 하는 사람이었다. 내 답변이 면접 결과에 부정적인 영향을 끼치지 않길 간절히 바라면서 장황한 설명을 다급히 덧붙이곤 했다. 거리는 멀지만 집 앞에서 회사 앞까지 바로 오는 광역버스가 이른 새벽부터 늦은 밤까지 있다든지, 몇 달간 출퇴근해보고 그래도 필요하면 빠른 시일 내에 이사를 하겠다든지 하는 말들.

물론 모두 사실이 아니었다. 면접 본 회사가 있는 강남까지는 최소 세 번 환승을 해야 했고 막차는 일찍 끊겼다. 본가를 떠나 서울과 최대한 가까운 곳으로 이미 이사를 한 상태라 또다시 이사를 할 수 있는 여건도 아니었다.

면접관1: (이력서를 바꿔 들고 옆에 앉은 지원자를
　　　　 바라보며) 이○○님은 집이 이
　　　　 주변이시네? 고등학교도 ◇◇여고
　　　　 나오셨고? 그 학교 앞 상가에 진짜
　　　　 오래되고 유명한 튀김집이 있는데.

이○○: 　아, 할머니랑 아드님이랑 두 분이서
　　　　 하는 곳 말씀이시죠?

면접관1: 맞아요. 거기 정말 동네 사람들만
　　　　 아는 집이죠. 우린 팀끼리 점심에도
　　　　 가고 해요. 지난 주에도…

면접관2: (면접관1의 말을 자르며) 저희가
　　　　 이번에 채용하는 자리엔 딱히 고스펙
　　　　 지원자가 필요하지 않아요. 대부분
　　　　 단순반복 업무고요. 그렇지만 다
　　　　 사람이 손으로 확인해야 하는 작업이
　　　　 많아서 야근이 잦아요. 괜찮겠어요?

이○○: 　네! 집도 회사에서 정말 가깝고요.
　　　　 야근 마치고 뛰어서도 갈 수
　　　　 있습니다! 꼭 입사하고 싶습니다!

그의 힘찬 외침에 면접관 일동이 크게 웃었다. 나도 덩달아 웃었지만 입꼬리가 조금 떨렸다. 그때 나를 힘들게 했던 건 24시간 중 세 시간 넘는 시간을 통근에 써야 한다는 사실, 출근 자체가 모험이 될 거라는 사실이 아니었다. 매일 아침 그 모험을 떠날 수 있는 기회조차 내게 주어지지 않을지도 모른다는 두려움이었다.

면접관은 딱히 고스펙이 필요하지 않은 일이라고 했지만, 실은 내가 가장 갖기 어려운 스펙을 요구하는 것 같았다. 면접장을 나오며 이번 면접 결과는 기다릴 필요가 없겠다는 생각을 했다. 일주일 뒤 나는 불합격이라고 적힌 메일을 받았다.

우리 가족이 한곳에 정착하게 된 때는 텃밭과 푸세식 화장실이 공존했던 초록 대문 집 시절이다. 이후 가까운 동네로 몇 번 이사를 더 하기는 했어도 다시 '새로 전학 온 애'로 불릴 일은 없었다. 그때 우리 가족을 품어준 곳은 춘천이다. 춘천은 풍광이 아름다우면서도 생활 기반이 잘 갖추어져 있는, 살기 좋은 도시였다. 새로운 도시, 새로운 학교, 새로운 친구들에 매번 적응하느라 지쳐버린 나에게 안정을 준 최초의 지역이기도 하다. 그러나 몇 해가 지나자 다정했던 나의 마음은 차게 식었다.

어느새 익숙해진 춘천은 너무 작고 무미건조했다. 시내에 나가면 얼굴 아는 이를 네댓은 만나는 곳, 한 다리 건너면 서로가 서로를 모를 수가 없는 곳, 일어날 법한 일들만 일어나는 곳. 이 작은 지역사회를 벗어나 대도시로 가고 싶었다. 앞으로 뭘 하고 싶고, 무엇이 되고 싶은지, 어떻게 살고 싶은지는 잘 몰랐다. 깊이 생각해본 적도 없었다. 너른 대도시로 가면 내가 할 수 있는 게 더 많지 않을까. 뭐든 될 수 있지 않을까. 내 삶에도 새로운 등장 인물이 나타나고 예상치 못한 사건이 벌어지지 않을까. 그런 생각을 하며 자주 서울 나들이에 나섰다.

좋아하는 가수의 공연도, 이국적인 향기와 음악이 가득한 의류 브랜드 매장도, 미드 〈섹스 앤 더 시티〉에 나오는 크리스피도넛도 모두 서울에 있었으니까. 주말이면 경춘선 무궁화호에 몸을 실었다. 나는 강원도의 아름다운 산과 강에서 시속 백 킬로미터로 멀어지며 서울의 고시원을 그려보곤 했다. 창문이 있는 방과 없는 방의 월세가 무려 5만 원 차이라는 그런 이야기를 떠올리기도 했다.

처음 독립을 시도한 건 수능 시험이 끝난 후였다. 1지망 대학은 일명 '인서울 대학'이었다. 인서울과 독립을 단번에 이룰 기회였다. 그러나 그 대학에 시원하게 탈락함으로써 상경의 꿈이 꺾이고 말았다. 다행히 2지망 학교에는 합격했다. 원하던 학교, 원하던 과였으나 서울이 아닌 다른 지역이었다. 아쉽지만 괜찮았다. 그러나 내 마음 말고 다른 상황은 괜찮지 않았다. 사립대 등록금은 너무 비쌌다. 자취를 해야 하니 매달 집세와 생활비도 필요했다.

'일단 첫 학기 등록금이랑 집세만 어찌어찌 마련해서 가면 어떨까. 방학에 아르바이트를 하고, 학기 중에도 병행하면 괜찮지 않을까. 2학기부터는 성적 잘 받아서 장학금도 타고 기숙사도 들어가면 되니까.'

그런 생각에 빠져 있던 중, 집에서 가까운 국립대에 합격했다는 소식이 들려왔다. 혹시나 해서 지원한 학교인 데다 문과생인 내가 이공계로 교차지원한 터라 원하는 과도 아니었다. 하지만 국립대 등록금은 2지망으로 합격한 사립대의 3분의 1 수준이었다. 주거비와 생활비 걱정도 없었다.

대학이 삶의 전부인 것 같은 스물이었다. 나에게 내가 원하는, 더 좋은 삶을 주고 싶었던 스물. 그러나 집안 사정이 빤했다. 내게는 이미 대학에 다니고 있는 두 살 터울의 오빠도 있었다.

등록금 납부 마감일을 얼마 안 남겨두고 친구

들과 소주를 몇 잔 마셨다. 주량을 모르던 나이라 정말 몇 잔이었는지 아니면 몇 병이었는지 알 수 없다. 집에 와선 가고픈 대학에 가게 해달라며 주정과 난동을 부렸다는데 기억이 나지 않는다. 변기를 붙잡고 웩웩거리는 내 등을 쓸어주던 할머니의 두터운 손, 그래서 정확히 등록금이 얼마냐고 자꾸 묻던 할머니의 목소리는 기억한다. 그해 3월, 나는 집에서 5분 거리에 위치한 대학의 신입생이 되었다.

그리고 몇 년 뒤 나는 다시 독립을 선언했다. 이번에는 시도가 아니라 선언이었다. 취업이라는 무시 못 할 명목을 앞세우니 원동력과 실행력이 생겼다. 4학년 2학기, 대학 졸업을 앞둔 마지막 학기였다.

처음부터 당연히 월셋집만 고려했음에도 서울의 살 만한 집 월세 보증금은 내 예상보다 비쌌다. 여러 아르바이트를 뛰며 모은 돈을 끌어모아봤지만 얼마 되지 않았다. 집안 사정은 넉넉지 않았고 하루아침에 취업해서 그런 목돈을 마련할 수 있을 것 같지도 않았다.

고민 끝에 나와 형편이 비슷한 친구 S와 룸메이트가 되기로 했다. 우리가 구한 집은 보증금이 싼 작은 원룸이었다. 집에서 나와 조금 걷다가, 마을버스를 타고, 다시 시내버스로 환승하면, 지하철 노선도의 가장자리에서 지하철을 탈 수 있는 경기도 외곽 지역의 원룸. 거기서부터 서울의 중심까지는 다시 한 시간이 꼬박 걸렸다. 보증금이 싼 데는 다 이유가 있었다.

그로부터 1년 뒤, 사원증을 목에 걸고 강남 테헤란로를 누비며 테이크아웃 커피를 마시던 시절에도 나는 여전히 수도권 지하철 노선도의 끄트머리에 살았다. 그 때문에 야근을 할 때마다 마음이 편치 않았다. 회사가 있는 삼성역은 막차가 끊긴 후 직장인들의 택시 탑승 경쟁이 치열한 곳이었다(지금은 회사에서 출퇴근 택시 지원 제도를 운영하기도 하고, 앱으로 택시를 호출할 수도 있어서 예전보다 훨씬 덜 혼잡하다.)

종종 이건 퇴근이 아니라 전투가 아닐까 생각하기도 했다. 택시가 오는 방향으로 조금씩 이동하며 택시를 뺏고 뺏기는 일도 흔했기 때문에 전술이 필요했다. 언제 어디에서 택시를 잡을 것인가. 택시기사들은 경기도 외곽으로 나가는 손님을 꺼렸다. 어렵게 택시를 잡아타도 목적지를 말하면 승차 거부를 당하기 십상이었다. 당시 나는 일주일에 서너 번은 야근을 할 수밖에 없는 상황이었는데, 늘 있는 일이어도 막차 시간이 지나면 가슴이 두근거렸다.

비나 눈이 내리면 상황이 더 어려워졌다. 요즘도 종종 떠올리는 그날은 눈이 많이 내리고 있었다. 기록적인 폭설이 예상되니 귀갓길 안전에 유의하라는 뉴스가 쏟아지던 날 대로변에서 서성이다 한참만에 겨우 택시를 탔다. 머리와 옷 위에 쌓여 있던 눈이 녹아 뚝뚝 떨어졌고 꽁꽁 얼었던 손도 녹기 시작했다.

한참을 달린 택시가 그사이 목적지에 다다라 속도를 줄였다. 나는 뒷자리에서 운전석과 조수석 사이로 고개를 내밀며 말했다.

"저기, 기사님…. 정말 너무 죄송한데요…. 혹시 괜찮으시면 ○○까지 더 가주실 수 있을까요?"

그렇다. 나는 목적지를 속였다. 회사와 우리 집 사이의 중간 지점인 번화가, △△을 목적지로 말하고 차에 올라탄 것이었다. 거기까지는 승차 거부 없이 타고 갈 수 있을 것 같아서, 일단 타고 가다 중간에 진짜 목적지를 말할 작정이었다. 열 몇 시간 근무를 마치고 눈이 펑펑 내리는 길 위에 나온 내가 한시간 넘게 승차 거부를 당하고 생각해낸 옹졸한 방법이었다. 안 된다고 하면 내려서 다른 택시를 잡아볼 생각이었다. 그 폭설 속에 다른 택시가 잡힐지는 알 수 없었다. 벌써 10년도 더 지난 일인데도 그 당시 택시 안의 숨 막히던 공기가 선명하게 떠오른다. 순간 룸미러로 나를 쳐다보는 기사님의 시선이 느껴졌는데, 나는 눈을 똑바로 마주하지 못했다. 기사님은 대답 대신 한숨을 푹 쉬시더니 다시 액셀을 밟으며 차를 몰기 시작했다.

드라마 〈나의 해방일지〉에서 주인공 미정이 묻는다. 서울에 살았으면 우리가 다르게 살았을 것 같냐고. 드라마 속 미정은 산포시에 살고 있다. 산포시는 가상의 도시로 경기도 외곽이라는 설정이다. 서울에서 밝을 때 퇴근해도 집에 오면 밤이 되는 곳. 막차를 놓치면 3만 원이 훌쩍 넘는 택시비를 감당해야 하는 곳. 왜 사내 동호회 활동을 아무것도 안 하느냐고 묻는 직장 동료에게 미정은 답한다.

"집이 멀어서요."

집이 어떤 선이 될 때가 있다. 의도했든 의도하지 않았든 상대와 나 사이를 가르는 선. 직장 상사가 내 야근 택시비 내역을 확인하며 "아니, 무슨 택시비가 이렇게 많이 나왔어. 미리 씨는 야근시키면 안 되겠네. 배보다 배꼽이 더 커"라고 말할 때. 힐끗 집 주소를 본 친구가 "그 동네에 불법 체류자 많이 산다고 뉴스에 나오던데 딴 동네로 이사하는 게 낫지 않아?" 하고 물을 때. 나와 외근을 자주 다니던 동료가 "김 대리, 벌써 또 외근 나갈 준비하는 거야? 택시 타면 10분밖에 안 걸려, 천천히 해. 내가 보니까 경기도 사는 사람들이 외출할 때 그렇게 일찍부터 서두르더라"라고 우스갯소리를 건넬 때. 그럴 때 나는 그 선이 보였다. 그 말들이 선 밖에 홀로 선 내 마음을 아무렇지도 않게 할퀴고 지나갔다.

그동안 나는 수도권 지하철 노선도의 끝과 끝을 오가며 살았다. 위에서 아래로, 아래에서 옆으로. 더 좋은 집을 찾아 자의로 떠나기도 했고, 집세가 오르거나 집에 문제가 있어 떠나야 하기도 했다. 벽지 위로 물이 흐르고, 벌레가 출몰하고, 난방이 제대로 안 되는 집을 만나기도 했다. 집주인이 갑자기 문을 벌컥 열어젖히는 집이나 가로등 하나 없는 골목 끝 집에 살기도 했다. 몰라서, 가끔은 알고도 도리가 없어 나쁜 선택지를 골랐다. 그러나 분명한 건 나는 나에게 더 좋은 집, 더 좋은 삶을 주기 위해 애쓰며 살아왔다는 사실이다.

방은 좁았지만 특이하게 욕실이 넓은 집에 살았었다. 이 집에서 슬픔은 수용성이라는 말을 체감했다. 이동식 반신욕조를 구매해 들여놓고 좋아하는 향이 나는 바디워시도 신경 써서 골랐다. 마음이 힘들어 그저 눕고 싶어도 뜨거운 물로 씻고 나서 물 한 잔 마시면 한결 나아진다는 것을 이때 알았다. 감당하기 어려운 일이 찾아오면 샤워부터 하는 습관은 이상하리만치 욕실이 넓은 집에서 만들어졌다.

한쪽 창문은 이웃집 벽 뷰(창문을 열면 눈 앞에 이웃집 벽만 보였다)여도 한쪽 창은 볕이 잘 드는 집에 살게 됐을 땐 창틀에서 상추 농사를 시작했다. 다이소에서 파는 길고 얇은 화분은 창틀에 올려놓기 딱 좋았다. 무언갈 심고 기다리는 일, 수확하는 손맛, 얻은 것에 만족하는 법을 배웠다. 훗날 내가 작은 시골집을 찾고 텃밭을 돌보기 시작한 것은 이 집 덕분이다.

놀랄 만큼 수납공간이 부족한 집에도 살았었다. 작은 붙박이장 외엔 다른 수납 공간도, 새 가구를 들일 공간도 없었다. 이 집에 사는 동안 나는 하나를 사면 하나를 처분해야 했다. 물건을 살 때 고민하는 시간이 길어졌다. 하나를 버리고 얻을 만한 가치가 있는지 생각해야 했으니까. 그때보다 너른 집에 사는 지금도 나는 집에 하나를 들이면 하나를 내놓는다.

집에서 보낸 날들이 켜켜이 쌓여 지금의 내가 되었다. 세월과 함께 나를 만든 집을, '어디'라는 말로 쉽게 설명할 수 있을까. 어디 사세요? 이 질문이 이제 나의 마음을 괴롭히지 않는다. 지금은 서울 한 복판에 살고 있어서가 아니라 사는 곳 그 자체는 나를 대변할 수 없다고, '어디'라는 말이 지역명 말고 다른 아무 의미도 갖지 않는다고 믿기 때문이다. 내가 살아온 집들과 그곳에서 보낸 시간들만이 의미 있을 뿐이다.

그럼에도 어디 사느냐는 말을 '어제 그 드라마 보셨어요?'처럼 스몰 토크의 주제로 쓰지 않는 사람이 되고 싶다. 사는 곳이 무언갈 나타내는 지표라고 생각하지 않아도, 상대방이 어떤 집에 사는지가 그 사람과 나 사이의 어떤 것도 바꾸지 않는다고 믿고 있어도 우리 모두 사는 곳을 마음껏 선택할 수 없는 시대에 살고 있으니 말이다. 그러니까 나는 어디 사느냐는 그 질문 앞에서 충분히 주춤거리는 사람이 되고 싶다.

니가 사는 그 집

동네 산책을 나온 연과 나는 오늘도 약속한 듯 한자리에 멈춰 선다. 둘이 함께 힐끔거리는 곳은 동네의 어느 아파트. 우리는 해 질 무렵 한적한 아파트 입구를 서성이며 소곤거린다.

"그새 또 올랐으려나⋯. 한번 보자."

"참 나, 뭘 또 봐. 보면 뭐 할 건데."

연은 부동산 앱을 켜는 나를 대충 말리는 척하더니 다시 내 얼굴을 빤히 본다. 그 표정의 의미를 안다. 그래서 지금은 얼마냐는, 사실은 자신도 궁금하다는 표정. 둘이 이러는 게 하루이틀 일이 아니다 보니 단박에 알 수 있다.

요샌 한 번도 가보지 않은 지역의 집들도 머릿속에 생생히 그릴 수 있다. 주로 품격, 자부심, 고귀함 같은 단어가 들어간 슬로건을 내세우는 아파트들이 그렇다. TV에 자주 등장하기 때문이다. 지역과 단지에 따라 특색이 다르다곤 하지만 아파트 이름과 로고를 보면 자연스레 어떤 장면이 펼쳐진다. 그러나 지금 우리가 보고 있는 A아파트의 이름을 듣고 어떤 장면을 떠올릴 수 있는 사람은 별로 없을 것 같다.

A아파트는 우리 동네에 위치한 다섯 동짜리 작은 아파트로 완공된 지는 20년이 조금 넘었다. 언

뜻 보면 허름해도 알고 보면 알짜배기인 소단지 아
파트다. 요즘 아파트라면 으레 있는 으리으리한 문
주(門柱) 장식이나 화려한 조명은 없다. 대신 계절 꽃
이 심긴 화분들이 아파트 입구에 오종종 놓여 있다.
나는 출퇴근길에 그 화분들을 보며 계절이 바뀌는
것을 알아채곤 했다.

　　그사이 부동산 앱엔 A아파트에 대한 새 코멘트
가 여럿 추가되어 있었다. 누군가는 주택가에 있는
아담한 단지라 조용히 살기 좋다고 평했으며, 누군
가는 지어진 지 오래된 구축이라 층간소음이나 방음
에 취약하며 주차가 무척 불편하다고 평했다. 내 차
례가 온다면 나는 한때 내 집이 되기를 꿈꿨던 집이
라 평할 것이다.

　　몇 년 전, A아파트를 사면 어떨까 오래 고민했
다. 해를 넘길 때마다 짐을 꾸리고 풀기를 반복하는
데 지치고 월세나 전세 계약 연장이 안 될까 봐 종종
거리는 데도 질려버렸을 때였다. 무리해서라도 내
집을 마련하고 싶었다. 곁에는 나보다 주거 안정에
더 열정적인 세입자가 또 한 명 있었다. 바로 연이었
다. 내게 된장찌개 비법을 전수해준 사람. 그는 당시
에도 내 룸메이트였고, 재테크와 부동산을 꾸준히
공부해온 사람이기도 했다.

"얼마까지 가능해?"

"너는? 대출은 얼마까지 나올 것 같아?"

우리는 세입자에서 벗어나 '내 집'에 사는 하우스메이트가 돼보자며 의기투합했다. 성격 급한 두여자가 만나니 일의 진척이 빨랐다.

혼자가 아니라서 좋은 점은 또 있었다. 둘이 모은 돈과 각자 대출 가능한 금액을 계산해보니 아주 무리하면 소단지 구축 아파트 정도는 빠듯하게 매매가 가능할 것 같았다. 물론 가진 돈보다 대출해야 하는 돈이 더 많은 소위 '영끌 매매'였다. 당시에는 지금보다 더 괜찮은 조건으로 더 많은 금액을 대출할 수 있었다. 집값도 꾸준히 오르는 추세라 자산으로서 가치도 있어 보였다.

아파트행을 결심한 뒤 우리는 몇몇 아파트를 후보로 삼았다. 그중 최우선 순위에 둔 곳이 바로 A아파트였다. 살던 빌라에서 가까워 통근에 변화가 없었으며, 각자 모은 돈과 대출 가능한 최대치를 합친 금액과도 얼추 맞았다. 살던 동네를 떠나고 싶지 않다는 소망을 지킬 수 있다는 점에서도 좋았다. 우리는 아담한 이 아파트의 주민이 되고 싶었고 그 바람을 현실로 만들기 위해 바삐 움직였다. 지하철에서 내려 집에 걸어오는 길엔 일부러 A아파트 담장

아래로 걸었다. 초여름이라 장미넝쿨에 꽃망울이 달려 있었다. 내년엔 저 안에서 꽃구경을 하겠지 생각했다.

몇 주가 지나자 머리가 아프고 속이 쓰렸다. 가끔 목이 타들어가는 듯하기도 했고 명치가 뻐근하기도 했다. 새삼 두려워진 것이다. 실제 가진 돈보다 더 많은 돈을 대출해서 집을 사겠다는 결심에는 예상보다 더 많은 용기가 필요했다. 빚도 자산이라는 말, 빚을 빚으로 만드는 것이 부동산이라는 말, 그런 말들에 고갤 끄덕이던 시간들이 지나자 대출의 굴레에 매인 미래의 내가 보였다.

매달 수입의 반이 넘는 금액을 대출금 상환에만 투여하며 10년 가까운 시간을 보내야 한다. 수입이 끊기거나 줄어서는 안 된다. 예상 외 일로 추가 지출이 발생하는 일 또한 없어야 한다. 몸이 아파서 일을 할 수 없는 상황이 오더라도, 회사에서 부당한 일을 당하거나 목격하더라도, 뒤늦게 도전하고 싶은 일을 발견하더라도…. 결코 그달의 월급을 포기할 수 없을 것이다.

그렇게 그 시간을 무사히 또 묵묵히 버텨내고 나면 A아파트의 반이 내 소유가 될 것이다. 그러면 그 후에는? 나는 나머지 반을 채우기 위해 혹은 더 나은 집으로 가기 위해 또 다른 새로운 굴레를 써야 하겠지.

문제는 이것이 대출금을 갚는 동안 집값이 떨어지는 경우를 배제한 시나리오라는 점이었다. 최악의 경우는 이렇다. 무리해서 산 집값이 폭락하고 나는 집값이 떨어지기 전에 대출한 돈을 계속 갚는다. 갚아도 자산이 되지 않는 빚이 생기는 것이다. 물론 반대의 경우도 있을 수 있다. 집값이 폭등해서 시세차익을 쏠쏠히 챙기는 것. 내게도 그런 행운이 찾아올 수 있겠지.

하지만 '만약'이라는 말은 긍정적인 가정보다 부정적인 가정을 더 빠르게 확대하고 확산시킨다. 나는 최선의 상상 속으로 애써 도피하며 쉬려고 했으나, 상상조차 내 마음대로 되지 않는 날이 더 많았다.

드라마 〈작은 아씨들〉에서 세 자매의 고모할머니이자 부동산업계 부호인 오혜석은 말했다.

"자본주의는 심리 게임이거든? (…) 더 많이 리스크를 걸 수 있는 사람이 이기는 거니까. 난 말이야, 이런 집만 있으면 처음부터 다시 시작할 수 있어."

대부분의 사람들이 그런 집을 가지려고 리스크

를 감당하는데, 그런 집이 있어야 리스크를 감당할 마음이 생긴다니. 곱씹을수록 현실을 반영한 대사가 아닐 수 없다. 씹을수록 쓰디쓰지만. A아파트를 산다면 매일매일 집에 사는 게 아니라 빚과 함께 살고 있는 것처럼 느낄 게 뻔했다. 나는 그런 리스크를 감당할 수 있는 사람이 아니다. 그런 심리게임에 힘없이 굴복하는 사람. 그게 나니까.

몇 주 사이 칙칙해진 연의 얼굴을 보니 그도 다르지 않아 보였다. 오래전부터 국내외 주식, 펀드, 외환 투자로 꾸준히 수익을 내왔다는 사실도, 도전적이고 호방한 성격이라는 사실도, 내 집 마련 앞에 놓인 불안에는 무기가 되지 않았다. 전 재산과 미래를 담보해야 하는 일 앞에 우리의 기세는 힘없이 아스라졌다. 그러다 둘 중 누군가 물었다.

"근데 꼭 아파트여야 돼?"

많은 사람이 아파트를 선호하는 데는 이유가 있다. 주택 관리가 편리하고, 교통과 교육 등 생활에 필요한 인프라가 잘 구축되어 있기 때문이다. 거래량이 많아 수익성, 안정성, 환금성을 모두 갖추고 있는 것 또한 자산으로서 매우 중요한 장점이다.

우리는 이런 장점에 공감하면서도 이상하게 명쾌한 기분이 들지 않았다. 구축 아파트보다 신축 도시형 생활주택이 관리 면에서는 더 편하지 않나? 층간소음이나 방음도 구축보다는 신축이 더 나을 테고. 지은 지 20년이 넘은 구축 아파트에 입주한다면 큰 규모의 리모델링도 필요할 것이다(신축 아파트라면 또 다른 이야기겠지만 대출을 포함한다 해도 신축 아파트를 고려할 수는 없는 상황이었다.)

A아파트의 인프라는 주변에 있는 다른 유형의 주택과 별다른 차이가 없었다. 아파트에서만 제공하는 커뮤니티 같은 인프라는 우리에게는 중요하지 않거나 필요하지 않았다. 빌라나 도시형 생활주택에 비해 집값이 잘 오른다는 것 외에 아파트를 고집할 필요는 없었다.

우리는 두 가지 질문을 가지고 마주 앉았다. 각자가 새로운 집에서 얻고자 하는 최우선 가치는 무엇인가? 반 이상을 대출로 충당한 집의 가격이 하락하거나 신상에 변화가 생기는 돌발 상황에서도 금전적, 정서적 방어가 가능한가? 첫 번째 질문에 대한 답은 '휴식과 안정'이었으며, 두 번째 질문에 대한 답은 '아니오'였다. 연과 나의 답이 크게 다르지 않았다.

이 두 가지 질문은 결국 하나의 물음으로 모였다. 우리는, 나는, 왜 이 아파트에 살고 싶은가? 이어지는 많은 질문에 서로 묻고 답하며 알게 되었다. 둘 중 누구도 A아파트에 살고 싶지 않았다. 아파트에 살고 싶은 게 아니라 아파트를 사고 싶을 뿐이었다. 많은 사람이 아파트를 선호하니까 나 역시 그럴 것이라 믿어버렸을 뿐이다.

이후 우리는 A아파트 매매를 포기했다. 누군가는 이렇게 말했다. 서울에선 무조건 아파트로 내 집 마련을 해야 한다고. 지금은 몰라도 언젠가 크게 후회할 거라고.

그럴 수도 있다. 그러나 나는 내가 불안한 마음으로는 한숨도 잘 수 없는 사람이라는 것을 안다. 옴짝달싹할 수 없이 묶인 하루보다 여기저기 서성거릴 여백이 있는 하루를 좋아하는 사람이라는 것도 안다. 그리고 앞으로도 그런 사람으로 살고 싶다.

연과 나에게는 빌라나 도시형 생활주택이 더 적합할 것 같았다. 가족 중심이 아니라 1, 2인 가구 중심의 주택이고 신축 매매 건도 많았다. 매매가도 아파트만큼 높지 않았다.

우리는 부동산 관련 책과 콘텐츠를 보며 공부를 시작했다. 시간이 날 때마다 발품을 팔며 집을 보러 다녔다. 빌라나 도시형 생활주택의 장점은 극대화되고 단점이 완화된 집을 찾기 시작한 것이다. 동시에 각자 원하는 공간에 대한 고민도 시작했다. 나는 볕이 잘 드는 창을, 연은 고요히 무언가에 집중할 수 있는 공간을 원했다.

얼마 지나지 않아 새로운 후보들이 정해졌다. 그중 한 곳이 우리의 집이 되었다. 지하철역 근처에 새로 지은 도시형 생활주택이었다. 신축이라 깨끗하고 편의시설이 잘 되어 있었으며 주차도 편리했다. 즉시 입주가 가능했고 리모델링도 필요 없었다. 거실의 한 면 전체가 창으로 되어 있어 내가 원한 대로 하루 종일 볕이 잘 드는 집이었다. 아늑한 복층은 연에게 필요한 공간이었다.

사기에 좋은 집이 아니라 살기에 좋은 집이란 생각이 들었다. 아, 물론 이 집도 많은 대출을 껴야 했다. 다른 점이 있다면 두려워서 잠이 오지 않는 아주 큰 빚은 아니라는 것. 여전히 큰 빚이기는 해도 '열심히 일해서 갚아야지' 하는 투지가 다져지는 빚이라는 것.

A아파트의 매매가는 해가 바뀔 때마다 가파르게 올랐다. 어느 정도 예상은 했지만 그래도 속이 쓰린 전개다. 반면 내 삶에는 '만약에' 잔치를 할 때에도 예상치 못한 변수들이 생겼다. 번아웃, 시골집 매매, 새 가족(소망이), 이직, 퇴사, 프리랜서 선언….

그사이 회사원이던 연도 퇴사를 한 뒤에 목수가 되어 가구 브랜드를 론칭했다.

A아파트에 살면서 우리가 이 변수들을 감당할 수 있었을까. 삶을 흔드는 새로운 결정들을 할 수 있었을까. 모를 일이다. 지금 알 수 있는 것은 새로운 가능성을 찾고 마음껏 실험할 수 있는 지금의 삶과 지금의 집이 마음에 든다는 것이다.

새 가족이 생긴 나는 볕이 좋은 복층집을 떠나 지금 살고 있는 꼭대기집으로 이사했다. 이 이사는 교차로를 건너는 귀여운 이사였다. 덕분에 연과 나는 여전히 산책길에 A아파트를 만난다. 그 앞에 서서 매번 비슷한 대화를 나눈 뒤 한 명은 부동산 앱을 검색하고 한 명은 답을 기다린다. 엄두도 내지 못할 만큼 한껏 오른 집값에 배 아파하며 가수 박진영의 노래를 애절하게 부른다. 가능하면 찌질하게 부르는 게 아픈 속을 달래는 데 도움이 된다.

'니가 사는 그 집, 그 집이 내 집이었어야 해.'

사실 이 레퍼토리를 동네에서만 반복하지는 않는다. 올림픽대로를 지날 때는 매입 후보로 두었던 B아파트를 보면서 이 노래를 부르고, 동부간선도로를 지날 때는 또 다른 후보였던 C아파트를 보며 이 노랠 부른다. 부동산 앱에 아파트 이름들을 검색해

그 값을 확인하며 안타까워한다. 그러나 시간을 되
돌린대도 나는 또 같은 선택을 할 거라는 걸 안다.
이 노래를 수없이 부르며 알게 되었다.

집에서 한 달 살기

회사를 그만두었다. 마지막 출근을 2주 남기고 지인들에게 퇴사 소식을 알렸다. 예상대로 다들 별로 놀라지 않는 눈치였다. 아마 내가 자주 입사하고 또 퇴사하는 사람이라는 걸 알기 때문일 것이다. 회사원으로 살아온 12년간 나는 공식적으로 일곱 번 입사하고 일곱 번 퇴사했다. 입사 날과 퇴사 날이 같거나 너무 가까운 경우는 세지 않았으므로 실제론 더 많다.

"다음 회사는 어디야?"

"언제부터 출근해? 얼마나 쉬고 갈 수 있어?"

"연봉 많이 올려준대?"

"직급이 뭐야?

그들의 질문에 전처럼 얼른 답할 수가 없었다. 다음 회사가 없었기 때문이다. 무작정 퇴사부터 한 적이 아예 없지는 않았다. 그래도 대체로는 다음 회사를 정하고 퇴사를 했다. 쌓여가는 연차와 경험이 그 편이 더 좋다는 걸 알려준 덕분이고, 갚아야 할 대출금이 서슬 퍼렇게 일상을 지배했기 때문이다. 퇴사 후엔 보통 1, 2주 쉬고 새 회사로 출근했다. 늘 그 정도 공백만을 허용하며 직장인 신분을 유지했다. 이번엔 달랐다. 다음 회사, 새 회사를 정하지 않았다.

늘 궁금했다. 해야 하는 일보다 하고 싶은 일을 더 자주 선택하며 살 수 있을까? 하나의 회사에 소속되지 않고 자유롭게 일할 수 있을까? 회사 이름이나 자리에 연연하지 않고 계속 성장하는 직업인으로 살아갈 수 있을까? 나는 새 회사에 출근하는 대신 맘속에 품어온 이 질문들에 답을 찾으며 지내기로 했다. 조직에 속하지 않거나 혹은 여러 조직에 동시에 소속되어 자유롭게 일하는 프리에이전트(FA)로 살아보기로 결정한 것이다.

프리에이전트는 보통 프로 스포츠계에서 소속 팀 계약이 끝나 다른 팀과 자유롭게 계약을 맺어 이적할 수 있는 선수(자유계약선수)를 말한다. 미래학자 다니엘 핑크는 『프리에이전트의 시대』에서 프리에이전트를 '원하는 시간과 장소에서, 원하는 조건으로, 원하는 사람을 위해 일하는 노동자'라고 정의했다. 나에게 프리에이전트가 되겠다는 결정은 하나의 회사에 소속된 회사원으로 살지 않겠다는 결심이었다. 퇴사와 늘 짝을 이루던 입사가 사라진, 새로운 퇴사였다.

이 퇴사에는 긴 고민과 상당한 용기가 필요했다. '어느 회사의 누구입니다'로 간단히 소개할 수 있던 나, 매달 따박따박 들어오던 월급, 믿음직하고 재밌는 동료들. 그 모든 게 동시에 사라진다는 의미였다. 그것들이 사라진 자리에는 불안과 두려움이 자리 잡기 쉽다고들 했고 나는 그 말에 고갤 끄덕이는 사람이었다. 그럼에도 퇴사를 감행한 이유는 나의 24시간을 온전히 소유하고 싶어서였다. 다음 달, 다음 계절에 내가 무엇을 할지 스스로 결정하고 싶어서였다. 불안과 두려움 대 시간과 자유의 대결이었고, 후자가 가까스로 승리했다.

　시간과 자유가 생긴 퇴사자들이 가장 먼저 떠올리는 건 여행 아닐까. 퇴사일자를 정하고 가장 먼저 한 일은 항공권 검색이었다. 가본 도시, 한 번쯤 가보고 싶었지만 내내 인연이 닿지 않았던 도시를 순서대로 검색했다.

　퇴사 후 떠나는 여행은 특별하다. 며칠 휴가를 내고 떠나는 여행과는 다르다. 다음 주의 내가 할 일을 이번 주에 당겨서 하고 갈 필요가 없다. 시차가 있는 여행지에서 업무 전화를 모닝콜 삼아 일어나거나, 아름다운 풍경을 앞에 두고 노트북에 고개를 파묻을 일도 없다. 계속해서 울리는 업무 메신저를 곁눈질하며 동행들에게 미안해하지 않아도 된다. 꼭 돌아와야 하는 날짜도 없고, 복귀한 뒤 과거의 부재를 메우느라 종종거릴 일도 없다. 이런 여행은 퇴사라는 이벤트가 아니면 쉽게 획득할 수 없는 귀하고 귀한 여행이다.

그런데 이상했다. 그 특별하고 귀한 여행을 준비할수록 피로해졌다. 항공권 검색 결과를 가격과 소요 시간 순으로 정렬해보고 경유 여부나 항공사별로 필터도 걸어보는 그 짜릿한 시간. 그 도시에 가면 들를 곳, 먹을 것, 할 것을 검색하며 메모하는 시간. 준비물을 체크리스트로 만들다가 '에라이, 없으면 가서 사지 뭐. 카드만 있으면 된다고!' 하고 대충 마무리하는 시간. 그 좋았던 시간들이 설레기는커녕 귀찮았다.

그러면서도 여행 준비를 멈추지는 않았다. 직장인에게 '퇴사=여행'이니까. 퇴사를 했는데 여행을 떠나지 않는다는 건 소설가가 대하소설의 마지막 한 페이지를 쓰지 않는 것과 같으니까. 나는 틈이 날 때마다 항공권 예약 앱을 들락거렸다. 목적지를 두어 군데로 추리고, 숙박 예약 앱을 살펴보았다. 쾌적해 보이면서 위치와 가격이 적절한 숙소를 찾으면 그때부턴 세부 사항을 살폈다. 교통편과 편의시설, 위생 상태, 호스트 성향…. 먼저 묵어간 이들의 리뷰와 상세 페이지도 꼼꼼히 들여다보았다. 마음에 드는 숙소는 꼭 하나씩이 마음에 걸렸다. 너무 비싸거나, 너무 외진 곳에 있거나, 안 좋은 리뷰가 많거나, 정보가 아예 없거나. 그때마다 중얼거렸다.

'우리 집을 통째로 옮길 수 있으면 얼마나 좋아? 동네를 통째로 이동시켜도 좋겠네. 사실 우리 동네가 좋긴 하지.'

이 동네에 산 지 10년이 지났다. 중간에 이사를 하기는 했어도 교차로 하나를 건넌다거나 몇 블록 앞이나 뒤로 하는 이사였다. 나는 이 동네를 빙글빙글 돌며 살고 있다. 그렇지만 의외로 동네를 잘 모른다. 해가 뜨면 동네를 벗어나 출근했고 해가 지고 한참이 지나서야 다시 동네로 돌아왔다. 집 가까이에서 길을 잃어 지도 앱을 켜고 집에 온 적도 있다.

몇 년 전 택시를 타고 집에 오던 날도 그랬다.

"손님, 여기서 좌회전해서 내리실 거예요?"

"네? 아… 자, 잠시만요…. (두리번거리며) 기사님, 제가 여기가 어딘지 잘 모르겠어서요. 혹시 여기가 ○○사거리 맞나요?"

"그럼요, 여기가 ○○사거리잖아요. 댁이 여기라고 하시지 않았어요?"

"아, 그게… 맞는데요. 이 동넨 맞는데…. 제가 평소엔 이 방향으로 와본 적이 없어서요. 기사님 죄송한데요, 이쪽에 잠시 세워주실 수 있나요? 제가 내비 켜서 얼른 확인할게요."

"… 그냥 번지수 불러줘요. 찍고 가게!"

기사님은 내가 술에 취해 집을 못 찾는다고 생각하신 것 같았다. 사실 술에 취한 건 맞지만 맨정신이었어도 그 길은 모르는 길이었다. 평소에 다니던 길과는 다른 길로 왔으니까(매번 영동대교로 오가는데 기사님은 잠실대교로 왔던 것 같다.)

길뿐만 아니다. 슈퍼도, 음식점도, 세탁소도, 술집도, 꽃집도 매번 가는 곳만 간다. 그러다 보니 그곳이 휴무이거나 갑작스레 폐업하면 편리와 추억을 한꺼번에 잃는다. 또 언제 맘에 드는 새로운 가게를 찾나 싶은 생각에 좌절한다. 바빠서, 늘 가는 곳만 가서, 10년을 살았으면서도 이 동네를 몰랐구나 새삼 놀랐다. 그러면서 다른 언어를 쓰고 다른 기후를 가진 도시로 떠나려는 준비를 하고 있었다.

그러다 문득 생각했다. 지금 여기, 우리 집과 동네를 여행하듯 살아보면 어떨까. 새로운 길로 걷고, 안 가본 음식점에도 가보고, 유명한 곳도 구경하고, 하루하루를 여행지에서 보내는 하루처럼 소중히 여기면서. 요즘 많이 하는 한 달 살기를 하듯이 그렇게 이 친숙하고 낯선 동네를 살아가기.

더 이상 여행지를 찾고 항공권과 숙소를 예약

할 필요가 없어졌다. 멀리 공원이 보이는 통창이 있는 거실과 편안한 침실, 다락과 테라스를 보유한 숙소가 이미 예약되어 있으니까. 그곳에는 귀엽고 사랑스러운 고양이도 살고 있다. 주변에는 친절한 바리스타가 있는 아늑한 카페와 매일 들러도 새롭게 좋은 공원이 있다. 나는 그곳에 구글맵을 켜지 않고도 갈 수 있다. 그리고 전혀 모르는 여행지로 떠나듯, 여행 계획을 세웠다. 한 번도 가보지 않은 도서관의 위치를 검색하고, 좋아하는 작가의 북토크를 예약했다. 새로 문을 열었다는 카페의 이름과 차를 타고 가야 하는 맛집의 이름을 휴대폰 메모장에 적어두었다. 한참이나 줄을 서야 한다고 해서 평소엔 가볼 엄두도 내지 않던 곳이다.

한 달이 지났다.

나는 새롭고도 사소한 동네 이야기들을 알게 되었다. 하나. 공원으로 향하는 길에 위치한 큰 화원은 사실 부동산이다. 가게 전체가 대형 화분으로 둘러져 있고, 안에는 꽃 진열대가 있어서 몇 년이나 화원이라고 생각했던 곳. 그곳은 큰 화원이 아니라 두 개의 독립된 가게다. 어느 날 산책길에 가게 안을 유심히 들여다보다가 알게 되었다. 오른쪽이 꽃집, 왼쪽은 꽃과 나무를 사랑하는 공인중개사가 운영하는 부동산이었다.

둘. 단골 빵집의 문전성시 비결은 바로 타이밍이다. 내가 매일 출퇴근하며 이용한 지하철역, 그 지하철역 안에는 늘 사람들로 붐비는 빵집이 있다. 빵을 특별히 좋아하는 편이 아닌데도, 이상하게 지하철에서 내릴 때마다 나는 빵이 먹고 싶어졌다.

"사장님, 빵 냄새가 너무 좋아서 저도 모르게 자꾸 빵 사러 오게 돼요. 여기 빵이 진짜 맛있어서 그런가 봐요."

사장님은 무심하게 답하셨다. 지하철이 플랫폼에 들어오는 타이밍에 맞추어 일부러 오븐을 여는 것뿐이라고.

셋. 우리 집 뒷골목에 사는 치즈냥이가 통통한 이유는 국밥집 사장님 덕분이다. 사장님은 고양이에게 밥을 주고 나면 고양이를 따라 걷는다. 자신이 밥을 주는 고양이가 아무 데나 똥을 눠 이웃에게 피해를 줄까 봐 한 손에는 비닐, 한 손에는 모래삽을 들고서 따라 한참을 걷는다. 나는 동네 주민으로는 보지 못한 장면들을 여행자가 되어 바라봤다.

세상에서 가장 편한 숙소인 이 집의 다른 면모도 알게 되었다. 멋진 통창과 포근한 침실, 사랑스러운 고양이 외에 이런 것들도 함께 있었다. 오래된 음식이 잔뜩 들어서 열기도 싫은 냉장고, 계절 지난 옷이 정리되지 않은 채로 쌓인 옷장, 한두 번 쓴 핸드크림과 먼지가 슬며시 쌓여 있는 화장대, 삶아도 쿰쿰한 냄새가 사라지지 않는 걸레, 커멓고 두툼한 먼지 이불을 덮은 창틀…. 나는 한 달 살기를 하며 편안한 것들은 찬찬히 누리고 보내주어야 할 습관과 물건을 차분히 보내주었다. 멀리 떠날 준비를 하며 설레기보다 피로했던 이유는 삶이 가뿐하고 단정하지 않아서였을 것이다. 여행 후에 복잡하고 정리되지 않은 일상으로 돌아오고 싶지 않아서였을 것이다.

한 달 살기는 오래 전에 끝났지만 그때의 마음을 자주 떠올린다. 여분을 많이 소유하지 않는 여행자의 마음, 언젠가 돌아가야 할 것을 알면서도 단출하게 살아보려는 마음, 다시 오지 못할 것처럼 고이고이 바라보는 마음을 되짚는다.

선명한 얼굴

율 님은 일찌감치 문자를 보내왔다. 오늘 두 시에서 세 시 사이에 들르겠노라고. 평소보다 이른 시간이라 오늘은 덜 바쁜 날인가 잠시 생각했다. 율 님은 일주일에 한 번 정도 우리 집을 찾아온다. 나는 그의 이름 마지막 자를 따서 율 님이라 칭한다. 나는 율 님의 이름, 전화번호, 직장을 알고, 율 님은 나의 이름과 전화번호, 집 주소를 안다. 그러나 우리가 대면한 적은 (아직) 없다. 율 님과 나는 현관문을 사이에 두고서만 만나니까.

율 님은 나의 택배기사님이다. 만난 적은 없지만 나는 율 님의 얼굴 또한 알고 있다. 특별히 율 님이 기다려지는 날 나는 앱을 켜고 어떤 버튼을 클릭한다. 그곳에는 파란 조끼를 입고 어색한 미소를 띤 율 님의 얼굴이 있다. 아마 율 님도 나에 대해 몇 가지를 더 알고 있을 것이다. 내가 자주 쇼핑하는 물건, 단골 쇼핑몰 같은. 유난히 무거운 고양이 사료와 고양이 모래를 배송하며 동거묘의 존재도 알게 되었을 것이다. 가끔은 마음이 바뀌어 주문했던 물건을 현관 앞에 내놓았으므로 삐뚤삐뚤한 나의 글씨체 또한 알 것이다. '기사님, 반품입니다'라는 메모를 보고는 '거참, 악필이네' 생각했을지도 모르고.

그런데 문득 이 모든 게 나 혼자만의 몽상이라

는 생각이 든다. 하루 수백 곳에 들러야 하는 율 님이 나의 쇼핑 패턴을 연결하고, 필체를 가만히 들여다볼 여력이 있을까. 나를, 우리 집을 '몇 번지 몇 호' 같은 숫자로만 기억하기에도 바쁠 텐데. 이 글을 쓰면서 후자일 가능성이 훨씬 높다는 결론에 이르렀다.

그러나저러나 중요한 것은 율 님이 오늘도 약속대로 다녀갔다는 사실이다. 나는 반복되는 그의 방문을 귀하게 여긴다. 그렇지 못한 날들도 있었기 때문이다. 몇 년 전, 코로나19라는 낯선 감염병이 전 세계를 공포에 떨게 했을 때처럼.

뉴스에선 좀처럼 믿어지지 않는 세계 곳곳의 모습들이 중계됐다. 어떤 나라는 일부 지역을 완전히 봉쇄해서 주민들이 울부짖고 있었고 어떤 거리에는 시신이 참담한 모습으로 쌓여 있었다. 언젠가 꼭 가보리라 다짐했던 도시의 병원에는 환자들이 병에 걸린 채로 방치되고 있었다. 많은 사람이 이 바이러스와 바이러스로부터 연쇄된 질병으로 죽었다.

나는 멀리의 사람들을 보면서 울었다. 그러나 뉴스를 끄고, 국내 확진자들의 동선을 확인하면서는 찡그렸다. '아니, 뭐 이렇게 여기저기 돌아다녔어' 하면서. 나는 지하철에서 기침하는 사람을 피하기 시작했고, 공공장소에서 마스크를 끼지 않은 사람들을 미워했다. 그 와중에도 여럿이 몰려다니며 유흥을 즐기는 사람들을 혐오했다. 그때 알았다. 공포는 쉽게 혐오가 되고 혐오도 습관이 든다는 걸.

그때 다니던 회사가 근무 형태를 주 5일 재택근무로 전환했다. 그와 동시에 나는 모든 외부 활동을 중단했다. 정체 모를 병이 무섭기도 했지만 바이러스 전파자나 확진자 N호가 되고 싶지 않은 마음이 더 컸다. 동네에선 '확진자네 집'이, 회사에서는 '그 팀에서 나온 확진자'가 되면 어쩌나 생각하곤 했으니까.

나는 마트에 가는 대신 앱으로 장을 봤고 필요한 물건들은 전부 온라인으로 구매했다. 오랜만에 하는 적극적인 온라인 쇼핑이었다. 이커머스MD라는 직업을 밝히면 '인터넷 쇼핑 진짜 많이 하시겠어요', '물건 싸게 사는 꿀팁 좀 알려주세요'라는 이야기를 듣는다.

그러나 나는 직접 물건을 보고 구매하는 편이다. 휴대폰이나 노트북으로 쇼핑을 하고 있으면 쇼핑도 일처럼 느껴지기 때문이다. 하지만 팬데믹이라는 특수한 상황에선 열렬한 온라인 쇼핑족이 될 수밖에 없었다. '한정특가', '타임세일'에 진력난 나와 동료 MD들 역시 어느새 소비자가 되어 마스크 특가를 찾아 헤맸다.

식료품과 생필품도 예외는 아니었다. 저녁에 주문하면 아침에 문 앞에 도착하던 물건들은 평소보다 빠르게 품절되어 구매하기 어려워졌다. 힘들게 결제까지 성공해도 전처럼 약속한 시간에 도착하지 않았다. 먹고 쓰는 물건의 수요가 급증했으니 공급과 배송이 전처럼 원활하지 않은 것은 당연했다. 그런 줄 알면서도 배송 추적 페이지를 새로고침하고 한숨을 연거푸 내쉬는 일을 멈출 수 없었다.

얼마나 지났을까. 단톡방에서 마스크 할인 링크를 주고받는 일이 뜸해지기 시작했을 때, (알람까지 맞춰놓고 기다리던) 새벽배송 품절해제 시간을 기다리지 않게 되었을 때쯤이었을 것이다. 나는 코로나19 시대를 살아가는 일에 조금씩 익숙해져갔다. 이전보다 배송이 조금 느리긴 해도 물건이 없어서 사지 못하는 일이 줄었다. 지하철을 타고 사무실로 출근하지 않는 것, 타인과의 만남이 사라진 것만 제외하면 크게 달라진 게 없는 일상이었다. 평소에도 대부분의 시간을 집 안에서만 보내온 터라 집에서만 생활하는 게 새삼스럽지도 않았다. 필요한 모든 것은 온라인 세상에 있었다. 마트에 가지 않아도 필요한 모든 것을 살 수 있었고, 정갈한 음식이 몇 십 분만에 집 앞으로 배달됐다. 세상 참 좋아졌다는 말, 그 말을 실감했다. 진보한 기술과 시스템이 나의 집을 단단히 떠받치고 있었다.

집에 머무는 시간이 길어지고 생활에 필요한 모든 물건을 택배나 배달로 배송 받다 보니 쓰레기 배출량이 많아졌다. 전엔 일주일에 한 번 정도 재활용품을 내놨는데 이틀이면 꽉 찼다. 이렇게 지낸 지 얼마나 됐지? 핸드폰 캘린더로 날짜를 세어보고서야 20일이 지났다는 사실을 알았다. 정리한 쓰레기를 양손에 쥐고 혹시 누군가와 마주칠까 긴장하며 엘리베이터에 탔다. 궁서체로 '버튼 감염 주의'라고 적힌 빨간 스티커는 볼 때마다 위압적으로 느껴졌다. 1층을 누르고 그 옆에 매달린 소독제로 손 소독을 했다. 다행히 아무도 타지 않고 1층으로 직행했다. 쓰레기를 내놓느라 이렇게 건물 1층을 오가기는 했지만 외부로는 나가지 않았다.

좋아하는 산책이나 친구들과 보내던 시간이 사라진 현실은 슬펐지만 오히려 안도감을 느낀 때도 있었다. 내가 원할 때, 원하는 방식으로만 타인과 연결될 수 있으니까.

그럴수록 집이 좋아졌다. 세계가 팬데믹으로

혼란해도 나의 집은 안온하다는 사실에 자부심을 느꼈다. '집'이라는 공간을 만들고 돌보느라 고군분투했던 나날을 떠올리며 과거의 나를 치하했다.

엘리베이터에서 내려 재활용품 분리수거장으로 향했다. 엊그제 밤엔 칸칸이 가득했던 플라스틱과 종이, 캔, 유리가 완전히 사라져 있었다. 방금 펼친 것같이 빳빳한 반투명 비닐백이 야무지게 새로 끼워져 있었다. 그것은 누군가가 만든 청결함이었다. 이곳의 쓰레기는 예전과 다름없이 규칙적으로 사라지고 있었다. 정확히 말하자면 사라지는 게 아니라 누군가의 묵묵한 발길과 분주한 손길에 의해 매번 처리되고 있었다.

얼마 뒤부터 나는 일주일에 한두 번씩 사무실로 출근했다. 시간이 꽤 오래 걸렸지만 동료들과 마주하고 점심을 먹는 날도 오기는 왔다. 어떤 것은 제자리로 돌아갔지만 어떤 것은 이전과는 완전히 달라졌음을 느낀다. 코로나19 이후의 세상에 사는 나도 마찬가지다. 달라진 것 중 하나는 사람들을 떠올리는 일이다. 사람들을 가만히 생각하는 일.

율 님과 똑같은 조끼를 입고 택배를 배송하던 정○○ 님을 생각한다. 아내와 함께 잠자리에 들었던 그는 자다가 짧은 비명을 질렀다. 아내는 남편이 어떤 꿈을 꾸는지 궁금했다. 아침에 일어나면 무슨 꿈을 꿨는지 물어봐야겠다고 생각하며 잠을 이었다. 다음 날 아침, 아내는 묻지 못했다. 정○○ 님은 그날 아침 여덟 시에 사망했다. 통 쉬지 못했던 그가 큰맘 먹고 가족과 함께 여행을 떠나기로 한 날이었다. 코로나19 시대의 택배 노동자였던 정○○ 님은 사망 전 12주 동안 일주일에 평균 71시간의 고강도 노동을 했다. 내가 집 밖으로 한 발자국도 나가지 않은 3주간, 그는 210여 시간 택배 노동을 했다. 그의 배송 트럭에 나의 마스크, 식료품, 생필품이 있었을 것이다. 그의 차에 실리지 않았다면 그의 동료의 차에 실렸을 것이다.

이커머스 업계에서 10여 년을 일하는 나에게 택배는 매우 일상적이면서도 골치 아픈 존재였다. 명절 전후 물량이 급증해 배송이 지연되는 일, 택배 노동자들이 그들의 권리를 찾기 위해 파업하는 일이 자주 반복되곤 했으니까. 그럴 때마다 CS와 주문 취소가 급증했고 나의 실적 달성과 칼퇴를 위협했다. 나는 배송 지연 물량을 세고, 배송 지연 일자를 셈했다. 협력업체에 시간별로 독촉 전화를 걸기도 했다. 나도 그냥 월급쟁이라는 변명을 꺼낼 수는 없을 것 같다. 그때 내게 택배란 '시스템'이었으니까. 택배를 생각하면 컨베이어벨트와 그 위에 놓인 상자들이 떠올랐다. 택배를 들고 숨 가쁘게 달리는 이들의 '얼굴'을 나는 생각하지 않았다. 그들을 위협한 것은 오히려 나였다.

택배 서비스의 시작과 끝에는 언제나 사람이 있다는 것을, 그것을 생각하지 않으면 누군가의 삶이 파괴되고 만다는 것을 인식하지 못한 날들이 너무 길었다. 배송노동자가 없으면 존재하지 못했을 산업에서 그렇게 긴 시간을 일하면서도 그랬다.

이제 나는 마스크를 쓰지 않고 사람들을 만난다. 물건을 직접 보고 구매하는 오프라인 쇼핑을 다시 즐길 수도 있게 되었다. 밖으로 나가지 않고 집에만 머물러야 하는 일도 없다. 그러나 누군가는 이런 시절을 다시 살 수 없게 되었음을 결코 잊지 않으려 한다.

매주 월요일과 목요일 아침에는 청소 사장님이 건물 청소를 하러 오신다. 특별해 보이지 않는 은색 세단을 타고 오시는데 트렁크를 열면 엄청난 양의 청소용품이 가지런히 정리되어 들어 있다. 몇 달에 한 번은 가스검침원 선생님이 초인종을 누르신다. 휴대폰으로 자가검침을 하면 직접 방문하시지 않는다고 하는데 나는 매번 잊고 있다가 부스스한 얼굴로 선생님을 맞이한다. 이른 아침에는 새벽배송을 담당하는 현 님이 오신다. 보통 새벽 네다섯 시에 소리 없이 다녀가셔서 율 님처럼 현관문을 사이에 두고 만나는 일도 없다. 보다 적극적인 만남을 갖는 분도 있다. 주로 서명 후 수령해야 하는 물건을 배송하시는 원 님(집배원의 '원' 자를 땄다)은 항상 본인이 맞냐고 물으시고 정자로 서명할 것을 요청하신다.

　나는 이제 그들을 선명하게 떠올린다. 나의 다정하고 안온한 세계를 소리 없이 지탱하는 사람들을. 나의 집을 집답게 해주는 사람들을. 나와 세상을 이어주는 사람들을. 그들 하나하나의 얼굴을.

오늘을 짓는 마음

"그냥 좀 내버려둬! 지금은 혼자 있고 싶다고!"

버럭 소리를 지르고서 문을 쾅 닫고 제 방으로 들어가는 일. 그런 일은 우리 집에 없었다. 내가 사춘기도 없이 착하고 순하게 자라서가 아니다. 일단 우리 집 방문은 미닫이문이어서 반항심을 담아 쾅 닫을 수가 없었다. 반투명 유리가 끼워진 에메랄드색 미닫이문. 이 문을 닫으려면 공손한 포즈로 차분히 옆으로 당겨야 한다. 한 손으로 무례하게, 갑작스러운 힘을 주어 당기면… 문틀에 문이 턱 걸려 더는 열리지도 닫히지도 않는다. 날 내버려두라며 소릴 빽 지른 후 한 뼘 반 정도 열린 문 틈 사이를 힘겹게 통과하는 모습을 상상해보라. 모양이 빠진다.

더 큰 문제가 있었다. 미닫이문이 아니었다 한들 문을 쾅 닫고 들어갈 방이 없었다. 그렇다. 우리 집은 내내 1인 1방을 할 수 있는 크기와 구조가 아니었다. 나는 자기 방이 없는 어린이였다가 자기 방이 없는 청소년으로 자랐다. 문을 세차게 닫고 들어가면 뭐 하나. 어차피 금세 다시 열릴걸. 어차피 나란히 함께 누울걸.

내게는 언제나 룸메이트가 있었다. 언제는 오빠였고 언제는 엄마였다. 가끔 가깝거나 먼 친척이 룸메이트인 날도 있었다. 가장 오래 한 방을 쓴 건 역시 할머니였다. 나는 대학에 입학할 때까지 할머니와 안방을 같이 썼다. 내 방이 아니라 우리 방에 사는 건 상대가 누구건 쉽지 않다. 가까우면 가까워서, 멀면 멀어서 어렵다.

버지니아 울프는 말했다. 한 개인이 최소한의 행복과 자유를 누리려면 연간 5백 파운드의 고정 수입 그리고 타인의 방해를 받지 않는 자기만의 방이 필요하다고. 그때의 나는 버지니아 울프는 몰랐어도 돈과 방의 중요성은 알고 있었다.

누군가와 한 방을 쓰다 보면 존재만으로도 서로를 침해하는 때가 생긴다. 어쩌다 방을 독차지한 시간에도 룸메이트의 부재와 귀환을 의식한다. 누군가는 모르는 나만의 시간이나 사소한 비밀이 허용되지 않는다. 그때마다 배우고 느꼈다. 외로울 수 없다는 건 진짜 외로운 거구나.

스물이 넘자 방이 생겼다. 오빠가 독립을 해서 오빠 방이 내 방이 된 것이다. 할머니와 함께 쓰던 안방에서 책상과 책장만 가지고 옆방으로 이사를 했다. 벽지도 그대로, 장판도 그대로, 에메랄드색 미닫이 문도 그대로, 심지어 이전 방 주인의 냄새도 아직은 그대로. 그곳이 이제부터 내 방이라 불릴 곳이었다. 드르륵 문을 닫으면 드디어 혼자가 될 수 있는 곳.

옆방으로 이사를 마친 후 마트에 가서 나무 테이블을 하나 샀다. 한쪽으로 가지런히 정렬된 다리를 X자로 주욱 당기면 네모난 상판이 올라와 펼쳐지는 접이식 테이블이었다. 테이블과 어울리는 머그컵과 나무 쟁반도 하나씩 샀다. 단번에 골랐고, 다 해서 2만 원을 넘지 않았다. 오전 수업을 가기 전이나 아르바이트 출근을 하기 전에 테이블에 앉아 커피를 마셨다. 테이블보다 넓은 책상을 바로 옆에 두고도 꼭 그렇게 했다. 할머니와 둘러앉을 때는 늘 쓰던 밥상을 펼쳤지만 혼자일 땐 밥을 먹을 때도 테이블을 펴고 앉았다. 낡고 촌스러운 책상이 맘에 들지 않아서였었나. 방이 생긴 뒤 직접 고른 테이블이 맘에 들어서였었나. 아마 둘 다였겠지.

밥때가 되면 동그란 밥상 아랫면에 붙은 네 다리를 순서대로 세워 상 펼치기. 뜨끈한 바닥에 책상다리를 하고 앉아 수저를 바삐 움직이기. 식사가 끝나면 밥상 위를 훔치고 다시 네 다리를 접어 장롱과 벽 사이에 세워 두기. 그게 우리 집 스타일이었다.

그러나 내 방에서는 새로운 스타일이 생겨났다. 책상 의자를 당겨와 자그마한 테이블 앞에 앉기. 한 손에는 책 한 권 펼치기. 책을 든 손은 바삐 움직이되 숟가락 젓가락질은 게을리하기.

밥을 먹으며 또 커피를 마시며 읽은 책들은 여행서였다. 제목에 파리나 런던 같은 도시 이름이 들어간 유럽 여행 책. 일자별 여행 코스가 빼곡히 적힌 그 책에는 파리 샹젤리제 거리에서 요즘 인기 있는 레스토랑이 어딘지, 그 레스토랑의 메인 메뉴가 무엇이고 얼마인지, 팁은 얼마가 적당한지까지 적혀 있었다. 그 도시의 거리와 식당, 집 들을 상상하는 그 시간이 좋았다.

밖에 나갔다 돌아온 후에는 다시 테이블에 앉아 다이어리를 썼다. 나는 일기보다는 용돈기입장에 더 주력하는 타입이었다. 아르바이트로 번 돈과 매일 쓴 돈을 백 원 단위까지 셈해 적었다. 집 밖에서 시간을 보내고 돌아오면 항상 현실 감각이 돌아왔다. 유럽행 비행기표에 기웃거릴 때가 아니라 보증금을 모을 때였다. 서울에 가서 취업도 하고 내 방을 얻으려면. MDF 합판 테이블이 아니라 진짜 원목으로 만든 큼직한 테이블을 가지려면.

몇 년 뒤 나는 문을 쾅 닫을 수도 있게 되었다. 여닫이문이 달린 방에 살게 되었기 때문이다. 서울로 취업을 하려면 서울과 가까운 곳에 살아야 한다며 무작정 춘천을 떠나왔다. 대학 내내 아르바이트를 하며 모은 돈은 살 만한 월셋집의 보증금으로는 부족했다. S와 나는 서로의 룸메이트가 되기로 했다. 내 방은 다시 사라졌고 처음으로 가족이나 친척이 아닌 룸메이트가 생겼다. 가족과 친구들은 트렁크 하나 끌고 무작정 떠나는 나를 걱정했다. 친한 사이라도 같이 살다 보면 사이가 틀어지기 마련이라고도 했다.

하지만 내가 누구인가. 룸메이트 경험이라면 차고 넘치는 20여 년 경력의 룸메 아닌가. 게다가 한 방을 쓰는 건 임시적인 상태이니 크게 마음 쓸 일도 아니었다. 곧 취업해서 더 넓은 집으로 이사를 가거나, 각자의 회사가 가까운 곳으로 따로 이사를 할 작정이었다.

S와 나는 룸메이트로서 예의와 규칙을 지키며 반전 없이 잘 지냈다. S는 곧 취업을 해서 내가 눈을 뜨기 전 출근했고 보통 내가 잠든 늦은 시간에 귀가했다. 쉬는 날이 아니면 얼굴을 마주하는 시간이 거의 없어서 S가 쉬는 날을 애타게 기다리기도 했다.

우리는 얼마 뒤 S의 회사와 가까운 투룸으로 이사했고 각자의 방이 생겼다. 나는 본격적인 방 꾸미기를 시작했다. 문을 나서면 내 방에 어울릴 만한 것들을 찾느라 눈이 바빴다. 잔가지, 풀, 잎, 지푸라기같이 온갖 것을 모아다가 둥지를 짓는 딱새 같았다. 반면 S는 흰제비갈매기 같았다. 둥지를 짓지 않고 바위틈이나 나뭇가지 위에 알을 낳아 사람들에게 '대충 사는 새'로 유명한 새. "어차피 잠만 자고 나갈 건데 뭐"라며 머그컵 대신 종이컵을 사용하는 일회용 생활을 선보이기도 했다.

　　나는 다이소에서 맘에 드는 그릇과 조리도구를 사서 주방을 꾸몄다. 장을 봐서 냉장고도 적당히 채워두었고 욕실에 향이 좋은 바디클렌저와 샴푸도 떨어지지 않게 신경을 썼다. S가 출근하고 나면 방뿐만 아니라 주방과 화장실도 완전히 나에게 속했다. 나는 발을 동동 굴렀다. 내 집, 내 방이라고 부를 만한 공간이 생긴 게 너무 좋아서, 믿기지가 않아서.

　　말끔한 방에 머물면서 취준생 생활을 이어갔다. 생활비를 벌기 위해 짬짬이 아르바이트를 하기는 했지만 대부분의 시간은 취업을 위한 활동을 했다. 입사지원서에 적어야 하는 것들은 너무 많았다. 어째서 졸업 전에 일찌감치 취업 준비를 하지 않았느냐고 스스로를 다그쳤지만 그래봤자 달라질 것이 없었다. 나는 출신 대학이나 학점처럼 이제 와 바꿀 수 없는 것들을 제외한 모든 것을 바꾸고자 했다. 토익 점수를 바꾸고 보유 자격증 개수를 바꿨다. 사설 기관에서 교육을 이수하며 포트폴리오를 만들었다.

기업에서 SNS를 운영하는 지원자를 선호한다고 해서 보기만 했던 블로그 운영도 시작했다. 영업 직군 지원자는 운전이 필수라기에 운전면허를 땄다. 자기소개서 스터디, 면접 스터디도 나갔다. 어느 날 (서류 면접-실무진 면접-발표 평가를 통과하고 이어진) 인성 검사에 불합격한 뒤엔 기업의 인재상과 합격 후기를 반복해서 읽었다. 말하는 습관이나 성격도 바꿀 필요가 있었다. 아르바이트 월급을 타면 새 정장을 샀다. 언제 면접 소식이 들릴지 모르는데 회사마다 선호하는 면접 복장이 달랐기 때문이다. 신입사원 김미리가 될 수 있다면 바꿀 수 없는 것은 없었다. 그게 나 자신이라도. 하지만 그냥 나도, 바뀐 나도, 어디서도 선택 받지 못했다.

하루에도 몇 번씩 '불합격'이라는 글자를 마주했다. 귀하는 훌륭한 지원자지만 금번에는 아쉽게도 모실 수 없게 되었다는 문장들이 이어졌다. 차라리 귀하는 어떠한 부분이 부족하여 입사가 불가능한 것이라고 속 시원히 말이라도 해줬으면 좋겠다고 생각했다(면접관이 되어서야 알았다. 대부분 회사에 그런 기준은 없고 있다 해도 결코 말해줄 수 없다는 걸.) 속절없이 계속되는 거절과 기약 없는 기다림에 지쳤고, 날마다 줄어드는 잔고는 무서웠다.

    그러는 사이 여태껏 감격하며 사들였던 물건들은 제자리를 잃고 집 여기저기를 헤맸다. 그릇과 조리도구에는 먼지가 앉았다가 찌들었다. 냉장고는 텅 비었고 다 쓴 욕실용품들은 흰제비갈매기 같던 S가 채워놓는 날들이 훨씬 많아졌다. 취업 준비를 시작한 지 1년이 지났을 때였다.

    눈을 뜨면 하루가 시작됐고 어떤 가능성도 없이 하루가 끝났다. 점점 서류전형 통과도 어려워져 면접에 오라는 연락조차 없어졌다. 그런 나 따위는 아무것도 아니라는 듯 세상은 매일 하루를 차감해갔다. 나는 깨어 있는 시간 대부분을 이부자리에 누워 보냈다. 오늘이 빨리 끝나버렸으면 하면서도 오늘이 끝날까 봐 두려웠다.

    눈을 뜨자마자 게임 속으로 도피하는 생활을 시작했다. 세상은 나의 열심에 응답하지 않았고, 열심히 한 만큼 돌려주는 것은 게임 속 세상밖에 없었다. 더 이상 입사지원서도 쓰지 않았다. 앞으로 어떻게 살아야 할까 불안이 엄습할 때마다 다시 게임으로, 잠으로 도망갔다. 방 한편에 테이블은 덩그러니 놓여 있었지만 거기서 하고 싶은 게 아무것도 없었다.

    요즘 나는 10여 년 전 그때를 자주 떠올린다.

퇴사하고 대부분의 시간을 집에서 보내기 때문이기도 하고, 어떤 조직에 속하지 않고 다시 그저 나로 존재하는 사람이 되었기 때문이기도 하다. 일을 기다리는 프리랜서의 마음은 취준생의 마음과 비슷하다. 누군가의 선택을 기다리지만 부적합 통보를 받을 때가 더 많으니까.

선택 받지 못하거나 거절당하는 일에는 내성이 생기지 않는다. 늘 새롭게 속이 쓰리다. 열 몇 살 나이를 더 먹었더니, 경험과 경력을 쌓았더니, 무뎌지고 괜찮아졌다고 말할 수 있으면 좋을 텐데. 그렇지가 않다. 꼭 하고 싶었던 일은 자주 어그러지고, 내놓은 결과물은 기대하지 않았던 평가를 받는다. 그 사이 마음은 너덜너덜해지고 불안이 자리 잡는다. 불안에 잡아먹혀 방문을 닫고 고립을 선택하는 날이 이제는 없다고 하면 좋겠지만 여전히 있다.

그럴 때면 좋아하는 책이나 드라마로 도망간다. 텃밭으로 나가 농작물을 돌보거나 테라스의 식물들을 돌보기도 한다. 예전처럼 게임 속 세계로 도피하기도 한다. 침대로 달려가 이불로 작은 굴을 만들고 그 속에서 밤새 숨죽이기도 한다.

달라진 것이 있다면 다음 날이 되면 반드시 새로운 하루를 시작한다는 점이다. 내가 닫은 문을 내가 다시 열고 나가야 한다는 사실을, 문은 열고 들어갈 수 있어야 하지만 나올 수도 있어야 한다는 사실을 알기 때문이다.

자기만의 방이 있다는 것은 그런 것 아닐까. 작은 방에 스스로를 가뒀던 내가 그 문을 열고 나온 것은 어느 회사의 최종합격 소식이 들려온 날이 아니었다. 내가 살고 싶은 삶이 어느 날 갑자기 내 앞에 도착하지는 않는다는 걸, 이렇게 울며불며 살아낸 만큼만 앞으로 간다는 걸 깨닫게 된 날이었다.

삶에 바랐던 대부분이 아직인 채로 남아 있다. 어떤 것들은 더 이상 소망할 수 없게 되기도 했다. 하지만 또 어떤 것들은 어느 순간 나에게 왔다. 그럼에도 불구하고 살아낸 하루들 덕분일 것이다.

아침이면 이부자리를 정돈하고 호두나무로 만든 테이블에 앉는다. 테이블 위로 보이는 나이테와 옹이는 나무가 살아온 흔적이라고 한다. 나뭇결을 따라 그어진 선은 나무가 보낸 하루하루를, 옹이는 나뭇가지가 자라다가 꺾여버린 순간을 담고 있다는데, 나는 그저 아름답다고만 생각한다. 테이블에 앉아 하루를 시작한다. 오늘을 그려본다.

포개진 집들

여행을 마치고 돌아오는 비행기 안, 유미가 말했다.

"있잖아, 인천공항에 내리면 누가 총을 겨누고 말했으면 좋겠어. 지금 당장 어디로든 다시 떠나! 안 그러면 지금 여기서 널 끝장내버리겠어. 그럼 난 어쩔 수 없이 또 다른 여행지로 떠나는 거지."

타의로 여행을 끝마칠 수 없게 된 상상 속 유미는 행복하다. 그 옆의 나는? 틀림없이 좌절할 것이다. 제발 집으로 돌아가게 해달라고 엉엉 울며 애원할 것이다. 비행기에 탑승하기 전부터, 아니 훨씬 전부터 집에 갈 생각으로 설레고 있었으니까. 유미의 상상을 원천 봉쇄하며 내가 말한다.

"나는… 집에 가고 싶어….."

집을 떠올리면 맘속에 '아련하게' 필터가 끼워진다. 익숙한 내 방과 침대가 그리워진다. 여행이 얼마나 즐거웠고 만족스러웠는지와는 무관하다. 어디로 누구와 떠났는가와도 상관이 없다. 유미와 나는 비행기에 나란히 앉아 각자 행복해지는 상상을 했다. 유미는 또 다른 여행지에, 나는 집에 도착하는 모습을.

평소 행실(?)이 이렇다 보니 집에 대한 책을 쓰고 있다는 소식을 전하는 데 거리낌이 없었다. 친구들은 발박수를 치며 환영했다. 정확히는 "그래, 너처럼 집에 환장한 애가 아니면 누가 쓰냐"고 했다. 그들의 응원과 그간 살아온 집들이 앞에 실린 여러 개의 글들을 쓰게 해주었다.

그리하여 나는 지금 『아무튼, 집』이라는 책의 작가가 되려 하고 있다. 이 글을 끝맺을 수 있다면 높은 확률로 그렇게 될 것이다.

여태 내가 읽은 아무튼 시리즈 작가들은 각자의 아무튼에 대해서 쓰기에 부족함이 없어 보였다. ○○에 대한 그들의 예찬을 듣다 보면, 어느새 나도 ○○의 세계로 진입했으니까. 그렇다면 나는 독자를 집의 세계로 인도할 자격이 있는가. 그저 집을 좋아하고 집에 오래 머문다고 집에 대한 글을 잘 쓸 수 있는 건 아닐 테니 말이다.

그 전에, 나는 정말로 집을 좋아하고 사랑하는가. 집을 싫어하거나 미워한 시절은 없었는가. 집을 생각하면 늘 맑고 밝은 마음이 넘치는가.

책의 마지막에 실릴 글을 쓰려니 여러 질문이 내게 달려왔다. 의문에 가까운 질문에 응답하며 여러 이야기를 썼다 지웠다. 다시 새로운 문장들을 적어넣으며 인정해야 했다. 집을 좋아한 날만큼 미워한 날이 많았다는 걸.

1999년, 열네 살의 내가 K에게 물었다.

"우리 집에 가서 시험공부 할래?"

"너네 엄마한테 안 물어보고 그냥 가도 돼?"

나는 괜찮다고, 지금 우리 집에는 아무도 없을 거라고 답했다.

"근데 너네 집 어딘데?"

"8단지 아파트. 알어…?"

K는 8단지는 한 번도 안 가봤다며 나를 따라나 섰다. 우리는 집에 도착해 (할머니와 내가 함께 쓰는) 안방에 밥상을 펴고 앉았다. K는 괜찮다고 했지만 나는 중간중간 냉장고에 있던 쿨피스와 요구르트를 꺼내 밥상 위에 올려놨다.

그러다 아랫목에 누웠다. 펼쳐져 있는 할머니 의 담요 아래로 몸을 밀어넣었다. 두툼한 담요가 적 당한 압력으로 몸을 눌렀고 온몸이 따끈해졌다. 너 도 여기 잠깐 누워. K에게 권했다. K는 괜찮다고 두 어 번 거절하더니 결국 내 곁에 누웠다. 우리는 나란 히 누운 채로 책장을 넘겼다. 몇 번 눈을 감았다 떴 는데 옆이 썰렁했다. K가 없었다. 옆에 누워 책장을 넘기던 K의 모습이 점점 불투명해지는 기분이 들었 었는데. 내가 잠들어버린 모양이다. 밥상 위에는 K 가 남긴 쪽지가 있었다.

'나 그냥 집에 갈게. 공부하자더니 너는 잠만 자냐!!!'

벌떡 일어났다. 언제 잠들었지? 당황 뒤에 자책이 몰려왔다. 대체 무슨 생각으로 친구를 초대해 놓고 잠이 든 걸까.

물론 나름의 핑계는 있었다. 긴장이 풀리자 너무 피곤했기 때문이다. 아파트 입구에 들어설 때 K가 영구임대라고 쓰인 아파트 지주 간판을 보지 못하도록 주의를 끄느라, 계단을 올라오면서는 매일 이상한 말을 중얼거리는 3층 아저씨랑 마주치지 않을까 초조해하느라, 불을 켜면 바삐 흩어지는 바퀴벌레를 숨기느라, 세련되지 못한 우리 집이 K에게 어떻게 보일까 신경을 쓰느라 나는 몹시 긴장했다.

우리 아파트는 '8단지' 외에도 이름이 몇 개 더 있었다. ○○주공 8단지, 8단지 임대아파트, ○○동 영구임대아파트. 나는 영구임대가 정확히 어떤 제도인지는 잘 몰랐지만 기초생활수급자, 한부모가족, 차상위계층 같은 사회취약계층을 위한 집이라는 것은 알았다. 우리 아파트 주민 대부분이 그런 사람들이었으니까. 나도 그들 중 하나였으니까.

그 사실을 K가 아는 것을 바라지는 않았다. 보여주고 싶은 것보다 숨길 것이 더 많은 집에 나는 왜

K를 초대했을까. 단순히 좀 더 친해지고 싶다는 제스처였을까. 너와는 달리 사는 나지만 그래도 친하게 지내줄 수 있냐는 질문이었을까. 잘 모르겠다. 확실한 건 그날 나는 잠들어버린 나보다, 가버린 K보다, 내가 사는 집이 더 미웠다는 사실이다.

그때 내가 탓한 집은 매일 밤 내가 눕는 공간이기도, 그 속에 함께 사는 사람들이기도, 그들과 나의 형편이기도 했다. 미워하는 마음은 차곡차곡 쌓였다. 그러다 내 방, 내 집, 좋은 집을 갈망하는 마음으로 바뀌기도 했다. 어느 시절엔 내 집 마련에 대한 집착으로 퇴색되기도 했다. 포기라는 마음으로 풍화되어버린 날도 있었다.

또 어떤 날들에는 집을 생각할 틈이 없었다. 넉넉한 시간도, 충분한 공간도, 마음의 여력도 없었다. 문을 열고 신발을 벗을 때마다 싱크대에 공손히 인사하게 되던 집. 자는 얼굴 위로 행거와 옷이 쏟아지던 집. 창밖 풍경이라곤 사람들 무릎 아래 모습뿐이던 반지하 집. 비가 내리고 나면 천장에서 물방울이 떨어지던 집. 여름이면 곰팡이가 한 폭의 수묵화를 그리던 집. 나는 그 집들을 아무튼 좋아했다고, 사랑했다고 할 수 있나.

집에 대한 내 감정은 결핍이었다가, 갈망이었

다가, 절망이었다가, 포기였다가, 기쁨이었다가, 집착이었다가, 감사였다가, 사랑이 되었다고 말하는 것이 더 적절하다. 마침내 도착한 사랑이라는 종착점에 머물지 않고 계속해서 그 사이를 오가고 있다. 그 마음을 몇 만 글자로 담는 일은 생각보다 더 어려웠다.

동시에 두려운 일이기도 하다. 글을 쓰는 내내 생각했다. 이제는 사정이 좀 나아졌다고 지나온 나의 집을 연민하거나 미화하며 쓰고 있는 건 아닌지, 주거 문제로 고통받고 생사를 넘나드는 사람이 이토록 넘쳐나는 시대에 두 집 살이를 소재 삼은 글쓰기가 적절한지, 나의 집과 닮은 집 혹은 다른 집에 사는 이들을 타자화해 아픔이 되는 글이 되지 않을지, 나라는 필터를 통과해 무의식적으로 편집된 이야기가 가족에게 상처가 되지 않을지….

책의 마지막에 실릴 글을 쓰면서 계속 뒤돌아보게 된다. 그럼에도 용기 내어 썼다. 『아무튼, 집』이 아니라 『아무튼, 나의 집』을 쓴다는 마음으로. 이 글들이 어딘가에서 집을 미워하고 또 사랑하며 살고 있을 어떤 이와 나를, 누군가와 또 다른 누군가를 연결해주기 바라는 마음으로.

지나온 집들에 감사를 전하는 심정으로도 또

썼다. 살다 보면 내 자리가 아닌 것 같은 곳에 가게 될 때가 있다. 심지어 그곳에서 힘껏 버텨야 하는 경우도 생긴다. 실은 나를 원치 않았다고 대놓고 말하는 사람들 사이에서 못 들은 체 어떤 연극을 해내야 하는 시절이 온다. 괜찮아질 거라고 마냥 낙관할 수도, 될 대로 돼라 체념할 수도 없는 때. 그때마다 나는 집을 떠올렸다. 여전한 표정으로 나를 품어주는 익숙한 공간을. 그 속에서 울고 웃으며 살아낸 시간을. 집에서 환대받았던 힘으로 오늘을 버티고 내일을 소망할 수 있었다. 집에 단단히 뿌리내릴수록 나는 삶의 더 멀리까지 안전히 갈 수 있었다. 내가 모르는 세계로 건너가서 가끔 타인의 안부를 물을 수도 있게 되었다.

이 글을 쓰면서 알게 되었다. 집에 관한 수많은 감정은 결국 내가 사는 공간이자 내 삶의 배경인 집을 사랑하고 싶어서 생긴 마음이라는 것을. 지나온 집들의 모든 시절을 사랑하지는 않았지만 그 모든 집에는 내가 사랑한 한구석이 있었다는 것을.

사무용 책상에 하늘색 시트지를 붙여 만들었던 나의 첫 책상, 해바라기꽃이 피고 지던 대문 옆 담장, 원룸 창틀에서 조각 햇빛을 먹고 자라던 상추 모종들, 몸을 담그면 콧노래가 절로 나오던 접이식 반신욕조, 소망이의 숙면 공간이었던 복층 다락…. 내가 사랑했던 그 한구석들이 오늘의 나를 만들었다. 여전히 내 안에서 나를 선명하게 만들고 있다. 그렇게 나는 과거의 집, 현재의 집, 미래의 집을 포개어가며 살고 있는지도 모른다.

매일 아침 눈을 뜨면 어디론가 감사 기도를 보낸다. 이런 집에 살 수 있어서 참 감사하다고. 그러면서 앞으로는 더 좋은 집에 살게 해달라고도 빈다. 좋은 집에 대한 기준이 계속해서 달라지고 있다는 점이 문제라면 문제겠지만. 좋은 집에 살고 싶다는 마음은 좋은 삶을 살고 싶다는 마음이다. 삶을 열심히 사랑하겠다는 다짐이다. 그것은 변하지 않는다.

나를 만든 세계, 내가 만든 세계
'아무튼'은 나에게 기쁨이자 즐거움이 되는,
생각만 해도 좋은 한 가지를 담은 에세이 시리즈입니다.
위고, 제철소, 코난북스, 세 출판사가 함께 펴냅니다.

아무튼, 집

1판 1쇄 발행 2024년 3월 24일
1판 3쇄 발행 2024년 12월 24일
지은이 김미리
펴낸이 이정규
펴낸곳 코난북스
출판등록 제2013-000275호
전화 070-7620-0369
팩스 0505-330-1020

conanpress@gmail.com
conanbooks.com
facebook.com/conanbooks

ⓒ 김미리, 2024

ISBN 979-11-88605-27-9 02810